伽利略的苦恼

〔日〕东野圭吾 著

袁斌 译

北京出版集团公司

北京十月文艺出版社

新经典文化股份有限公司
www.readinglife.com
出　品

伽利略的苦恼

目录

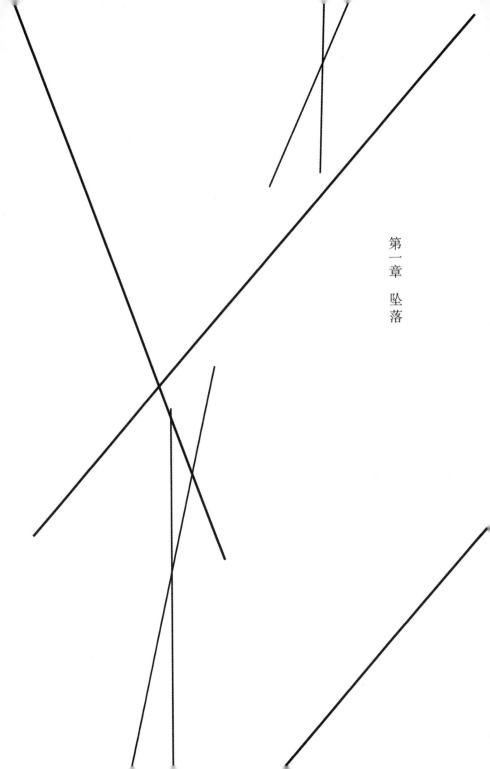

第一章　坠落

1

直到刚才还在淅淅沥沥下个不停的雨似乎停了。

还算顺利。三井礼治侧身下了送货用的摩托车，心中不禁萌生了一种交了好运的感觉。他也在大雨中送过外卖，但去的都是有地下停车场的公寓，所以可以将比萨不淋湿一分全部妥善送到。

虽说比萨全都装在盒子里，但在雨天往来送货，尤其是送吃的东西，可不是一件令人愉快的事，而且身体还可能被雨水淋湿。

三井锁好车，抱起比萨正准备往前走，一把大伞迎面撞了过来，差点儿把比萨撞落在地。

三井"啊"了一声，撑伞男子却一言不发扬长而去。这男子身穿一套深色西服，看起来像是公司职员。他似乎没有意识到雨早已停了，一直撑着伞，而且可能正好被雨伞挡住了视线，才没看见前边的情况。

"你给我站住！"

三井朝他吼了一声，冲过去一把抓住男子提着皮包的手臂。

男子回过头，双眉紧锁、满脸困惑地看了三井一眼。三井看他并非凶神恶煞，于是态度强硬起来。

"撞了人一句话也不说就走啊？我手上的东西差点儿都被你撞掉了。"

"啊……抱歉。"男子说完扭头欲走。

"只说句'抱歉'就行了吗？"三井咂了咂嘴。这时，奇怪的东西进入他的视线，一个黑影般的东西从天而降，落到地上发出咚的一声巨响。

三井循声望去，只见公寓外的马路上躺着一个黑色的物体。一个正巧路过那边的女子发出一连串惊恐的叫声，吓得退后了两步。

三井战战兢兢地凑过身去，那个发出尖叫的女子此时已经吓得躲到了电线杆后。

那个黑色物体很明显是个人，手脚朝着令人觉得不可思议的方向扭曲着，一头长发披散开来遮住了脸，看不清长相，不过看不清或许是件好事。应该是头部的位置有液体正缓缓流出。

周围变得嘈杂起来，等三井回过神来的时候，身边已经聚集了一大群围观的人。

不知是谁说了一句"跳楼自杀吗"，三井才回过神来，明白了是怎么一回事。

厉害，厉害，厉害，真的假的啊？我看到了一件不得了的事情。

三井突然感到一种莫名的兴奋。回去把这件事告诉朋友们后，自己该有多威风啊！他心中雀跃不已。

但他没有再靠近尸体一步，虽然他也想离近点看看，但终究还是不敢。

或许周围的人没有目睹坠落的那一瞬间，所以他们似乎都还比较冷静。三井的耳中充斥着他们忙着叫救护车和报警的声音。

三井此刻也稍稍冷静了些，想起了自己手上紧紧抱着的东西。

不好，还是送餐要紧！

他抱着比萨跑了起来。

2

命案现场是一栋公寓里的一套两室两厅的住房，起居室的面积至少有十四叠①，其他房间也很宽敞。内海薰想到自己的住处，不禁心生感慨：尽管同为女儿身，可独居生活还真是各不相同，自己总觉得住的地方太小，或许是疏于打扫的缘故。她都忘了最近一次用吸尘器打扫房间是什么时候的事了。

而眼前的房间却被人收拾得干净整洁。感觉颇为高级的沙发上只放着两个圆形靠垫，电视机周围和书架也都整齐有序。尤其是餐桌上空无一物这一点简直令薰不敢想象。

地板自然也一尘不染。阳台的玻璃门旁放着一台吸尘器，估计住在这里的女子每天都会用它来打扫房间吧。唯一令人感觉有些不太协调的，是吸尘器旁掉落的一口锅。锅盖与锅身分离，滚落在电视机一旁。

薰心想，或许她正准备做饭吧。视线转向厨房，只见水槽旁放着一瓶橄榄油，碗碟架里放着铝盆、菜刀和小碟子之类的东西，水

---

①日本计量房屋面积大小的单位，1叠约为1.62平方米。

槽放置垃圾的区域扔着一些西红柿皮。

打开冰箱门，最先映入眼帘的是一大盘西红柿拌奶酪，盘子的旁边有一瓶白葡萄酒。

薰心想，或许这女子准备和别人举杯庆祝一番什么。

住在这里的人名叫江岛千夏，三十岁，在银行上班。薰仔细观察着驾照上的照片，心想：看上去温柔娴静，但或许是强势又精明的个性，虽然长着一张圆脸，外眼角还略有下垂，却未必是个容易相处的人。

薰回到起居室，见几名刑警频繁出入阳台，于是决定等他们忙完后再展开调查。她很清楚，早早就急着勘查现场未必会有什么收获，而这种争先恐后忙着勘查的行为，倒像小男孩般不成熟。

客厅靠墙有一个收纳柜，柜子旁边的书报架里有几本杂志。薰走近收纳柜，瞥了一眼书报架，拉开收纳柜的抽屉，看到两本影集，于是戴上手套小心翼翼地翻开看了起来。其中一本似乎是出席同事婚宴时的照片，而另一本里则是些聚餐以及参加公司集体活动时的照片。几乎所有的照片都是与女性合拍的，没有一张和男性的合影。

薰合上影集放回原位，关上了抽屉。这时，只见前辈草薙俊平一脸兴味索然地走了过来。

"怎么样？"她问道。

"目前还无法下结论。"草薙咧了咧嘴，"不过估计死者是跳楼自杀的，毕竟屋里没有什么打斗过的痕迹。"

"但是门没有锁。"

"这我知道。"

"我认为如果独自一人在家，应该会锁门。"

"但一个打算自杀的人，精神状态肯定和普通人有所不同。"

薰望着前辈摇了摇头，说道："我觉得不管处于何种精神状态，一个人的习惯行为都是不会改变的。开门进屋，关门上锁，这应该是习惯性动作。"

"未必每个人都会如此吧？"

"我认为每一个独自生活的女子都会有这样的习惯。"薰的语气稍稍显得有些强硬。

草薙一脸不快，不再说话，随后像是重振精神一般挠了挠鼻翼，说道："那你说说看，门为什么没有上锁？"

"很简单，有人离开时没有锁门。也就是说，当时屋里还有另外一个人，而那个人很可能就是死者的恋人。"

草薙挑了挑一侧的眉毛，说道："大胆的推理。"

"是吗？您看过冰箱了吗？"

"冰箱？没有。"

薰走进厨房打开冰箱，取出那盘西红柿拌奶酪和那瓶酒，拿到草薙面前。"独居女子未必不会在家中独自饮酒，但如果只是独自享用，没人会这么用心地摆盘。"

草薙皱起双眉，挠了挠头道："辖区警察局的同事明天早上开会讨论案情，到时候你也去参加吧。估计那时尸检结果也应该出来了，有什么想法留待那之后讨论吧。"他像在驱赶面前的苍蝇般挥了挥手。

薰跟在草薙身后，准备离开。正当她穿鞋的时候，看到玄关鞋柜上有一个硬纸盒，于是停了下来。

"怎么了？"草薙问道。

"这是什么？"

"看上去像是快递。"

"我可以打开看看吗？"

硬纸盒此时还被胶带封着口。

"别乱碰，过一会儿辖区警察局的人自然会来检查。"

"我现在就想看看里边是什么。我和辖区警察局的同事事先打个招呼就行了吧！"

"内海，"草薙皱起眉头，"别再做张扬的事了，现在这样已经够草率的了。"

"我很草率吗？"

"不，我不是这个意思……大家都在看着，稍微收敛一些。"

尽管心中有些不服，薰还是点了点头。被迫接受莫名其妙的事，也不是一天两天了。

第二天早上，当薰来到辖区的深川警察局时，只见草薙满脸不快地在那里等着，上司间宫也在一旁。

间宫看到薰，一脸严肃地对她道了声辛苦。

"组长……您怎么会在这里？"

"我是被叫过来的。现在由我们开始负责这件案子了。"

"我们负责？"

"此案有他杀的嫌疑，房间里发现了疑似凶手曾用来敲击被害人头部的凶器。所以此案要成立联合搜查本部①"。

"凶器？是什么？"

①针对重大案件而设立的由两个以上侦查机构组成的联合侦查组织。

8

"一口长柄锅。"

薰想起了地上的那口锅。"原来是那东西啊……"

"锅底有被害人的少量血迹。或许凶手用它将被害人击打致死或致其昏厥后，从阳台上推了下去。真是心狠手辣。"

薰边听边偷偷看了一眼草薙，只见他像逃似的避开薰的视线，故意干咳了一声。

"凶手是男人吗？"薰向间宫问道。

"估计错不了，女人做不了这种事。"

"目前就只发现了凶器吗？"

"屋里有擦除过指纹的痕迹。凶手把凶器的把手、桌子，还有门把手上的指纹都抹掉了。"

"从凶手擦除了指纹这一点来看，应该不是入室抢劫。"

因为抢劫犯入室抢劫时会戴手套。

"大致可以认定是熟人作案。因为行凶时使用的凶器是案发现场的东西，而且钱包和银行卡没有被拿走，唯一不见了的就是被害人的手机。"

"手机？是不是因为上边保留了什么会对凶手不利的通讯记录呢？"

"如果当真如此，那凶手可就糊涂到家了。"草薙说道，"通话记录在运营商那里一查便知，他这行为等于是在不打自招，告诉我们是熟人作案。"

"估计凶手慌不择路了吧，这案子怎么看都不像有预谋的行凶杀人案。你们去运营商那里把死者的通话记录调取出来，重点排查一下她身边的男性。"间宫如同总结发言一般地说道。

随后，研判会议开始，会上众人主要上报了一些相关的目击线索。

一位负责初期侦查、年过五旬的警察用沉稳的语调说道："死者从阳台上跌落下来后，公寓周围就立刻聚集了不少人，不过没人目击到有可疑人员出现过。江岛千夏住在七楼，六楼的住户当时听到响声后朝窗下望了望，就立刻出门乘电梯下到一楼。在六楼的住户乘上电梯前，电梯一直停在七楼，住户进电梯后也没看到里边有人。如果有人把江岛千夏从七楼推下后马上逃走，那么六楼的住户乘电梯时电梯就不可能停在七楼，而且这栋公寓里只有一部电梯。"

会上还讨论了凶手使用紧急逃生楼梯逃离的可能性。但深川警察局的人认为，公寓的楼梯不但和跌落现场位于楼房的同一侧，而且还是外悬式的，所以如果当时凶手走的是楼梯，一定会被围观者看得清清楚楚。

现在最大的疑点是：凶手将被害人推下后躲到了哪里？

"也有另一种可能。"间宫阐述了自己的意见，"假设凶手就是同一栋公寓的住户，行凶后立刻离开现场回到自己家中，也就不会被任何人看到了。"

众人在听过警视厅搜查一科组长的意见后，都纷纷点头表示赞同。

3

第二天夜里，一个名叫冈崎光也的男子来到深川警察局。当时薰和草薙刚好结束了走访调查回到警察局，见到了此人。

冈崎三十多岁，体形消瘦，一头短发分向两侧。薰对他的第一印象是销售人员，询问后得知果然如此。冈崎在一家知名的大型家具店上班。

冈崎说昨天晚上曾经去过江岛千夏家。

"她是我大学时网球协会的后辈。我早她五届，但因为毕业后我经常回去打球，就认识了她。后来有很长一段时间没有见过她，半年前我们在路上偶遇，随后就开始互发短信，联系了起来。"

"只是互发短信吗？你们有没有约会之类的？"薰问道。

冈崎连忙摆手。"我们不是那种关系。昨晚之所以去她家，是因为前天白天我接到了她的一通电话，她说想换张床，让我把商品目录拿给她看看。"

"也就是说，后辈把前辈叫去了自己家？"草薙用的是疑问语气。

"干我们这一行的，最好能够亲自去客户家看一下。如果不清楚客户的房间布局，就无法向他们推荐适合的产品。"

他似乎是想表明，即便客户是自己的后辈也没什么区别。

"以前有过这种情况吗？您以前和江岛女士有过生意上的往来吗？"草薙问道。

"有过，她找我买过沙发和桌子之类的东西。"

"昨晚您是几点去江岛女士家的？"

"我们约好八点见面，我应该没有迟到。"

"当时江岛女士和平常有什么不一样吗？"

"我没有感觉到。我给她看了商品目录，向她介绍了一些型号，而她当时也连连点头，不过没有当场决定，因为我建议她买床最好还是先看过实物再说。"

"你们当时是在哪儿谈的呢？"

"是坐在起居室里的沙发上谈的……"

"什么时候谈完的呢？"

"这个嘛……我记得是晚上八点四十分左右离开她家的，因为她说过一会儿还有客人。"

"客人？她说过那位客人几点到吗？"

"那倒没有……"冈崎回忆道。

"请问，"薰说道，"玄关那里有个鞋柜吧？"

"啊？"

"鞋柜，江岛女士家的玄关那里。"

"嗯……好像是有个鞋柜，不过那鞋柜是她家原来就有的，并非购自我们店……"

"我不是那个意思。当时鞋柜上应该放有硬纸盒，您还有印象吗？"

"硬纸盒……"冈崎一脸困惑地想了想，稍稍歪着头说道，"好像是有，不过我记不清了。实在很抱歉。"

"是吗？没关系。"

"请问硬纸盒有什么问题吗？"

"不，没什么。"薰摆了摆手，望着草薙点了点头，似乎是在为问了多余的问题而道歉。

"您是什么时候知道了这件案子的呢？"草薙问道。

"我今天才看到新闻，不过早些时候就知道了这件事，或者说案发后我就知道了……"冈崎突然变得支支吾吾，令人不明所以。

"怎么回事？"

"其实我看到她坠楼的那一幕了。"

"什么？"薰和草薙齐声说道。

"我离开江岛女士家后，在附近逗留了一会儿。因为我记得那一带似乎还住着另外一位老主顾，所以就想去拜访一下，但并没有找到那位顾客的家。回去的路上我路过江岛女士的公寓，目睹了有人坠楼。当时就吓坏了，今天在新闻上看到死者就是江岛女士的时候，更觉毛骨悚然，毕竟自己刚见过的人随后不久就被人杀了。我想着自己或许能够帮上忙，就主动来找你们了。"

"谢谢您的合作，您提供的线索非常重要。"草薙低头行了个礼，"您刚才说目睹了死者坠楼的瞬间，当时您应该是独自一人吧？"

"当然。"

"这样啊。"

"有什么问题吗？"

"没什么。虽然有些对不住主动提供线索的您，但我们的工作性质决定了凡事必须得到验证。因此，就目前的情况而言，我们只能把您去过江岛女士家一事记录备案。"

"什么？"冈崎一脸意外地来回望着草薙和薰，"你们怀疑我？"

"不，我们并不是这个意思。"

"虽说江岛女士坠楼的时候我的确是独自一人，但身旁并非没有别人，而且他还主动和我说话了。"

"是谁？"

"是个比萨店的店员，应该是'哆来咪比萨'店的人。"

据冈崎说，当时他被送外卖的店员叫住，还被抱怨了几句，随后不久江岛千夏就坠楼了。

"要是当时我问一下那个店员的名字就好了。"冈崎一脸懊悔地咬着嘴唇。

"不必了，我们会去确认的，不要紧。"

听了草薙的话，冈崎脸上浮起了放心的笑容。"那就好。"

"您身上有没有携带什么带有照片的证件呢？如果可以，我们希望复印一份存档。当然，确认过您说的话后我们就会把复印件销毁。"

"没关系。"冈崎拿出了工作证。证件上的他，嘴角浮现着一丝淡淡的笑容。

4

送走冈崎后，草薙和薰前去向间宫汇报刚才的情况。

"那么，被害人在送走家具店的店员后还约了其他人见面？"间宫双臂抱在胸前。

"如此一来，那一大盘西红柿拌奶酪的谜团也就解开了吧！"草薙低声对薰说道。

"从现在的情况来看，刚才来的男子必定与被害人关系不浅。"间宫竖起食指摇了摇，"如此一来，在案发整整一天后他才来找我们这一点就极为可疑了。估计他和这件案子之间有着什么关联。"

"有件事我想不明白，被害人与之后的客人约的是几点见面呢？"薰的目光在上司和前辈之间来回游移。

"如果家具店店员是在晚上八点四十分左右走的，那么被害人和之后的客人可能约在了晚上九点左右见面。"草薙回答。

薰看了草薙一眼。"如此一来，从凶手进屋到案件发生，其间只有大约十分钟。"

"十分钟已经足够行凶了。"

"话虽如此，但当时凶手使用的凶器可是一口锅啊。"

"那又怎么样？"

"那就不是有预谋的犯罪了。"

听到这里，间宫不禁"哦"了一声。"确实是这样。"

"怎么连组长您也……"

"总之，先听内海把话说完吧——你接着说。"

"如果此案并非有预谋的犯罪，而是一时冲动的悲剧，那么一定有一个突发的原因。莫非在凶手到访后的短短十分钟里，发生了什么令凶手起了杀心的事？"

间宫微笑着抬头看了看草薙。

"怎么办，草薙？这位年轻女刑警的观点可谓一针见血。"

"或许凶手是在九点前到的，比如八点四十五分。"

"约在这么一个不上不下的时间？"

"人各有所好嘛。"

"这倒是。"

"内海，"间宫瞟了她一眼，"你有什么想说的吗？"

薰低头抿嘴，似乎有话想说，但她不知道眼前这两个男人能否理解自己的推断。

"但说无妨，你不说我们没有办法知道。"

听到间宫的话，薰抬起头来，轻轻吐出一口气。"那个快递。"

"快递？"

"江岛千夏曾收过一个快递并把它放到了玄关的鞋柜上，应该是昨天傍晚的事。"

"你似乎一直揪着那个硬纸盒不放。"草薙说道，"之前还问过家具店店员。为什么那么在意那个东西呢？"

"我没听到过关于快递的事。到底怎么回事？"间宫问草薙。

"似乎是死者打电话订购的。"

"里边装的是什么？"

"还没有确认过……"

"是内衣。"

薰的这句话让两个男人不约而同地"哎"了一声。

"你这家伙不会是擅自打开看了吧？"草薙问道。

"没有，不过我知道那种盒子里一般装的就是内衣，要不就是类似的东西。"

"你怎么知道？"间宫问道。

薰似乎有些后悔，稍稍犹豫了一下，接着故作平静地说道："盒子上印有公司名称，那是一家有名的内衣厂商，最近正通过大力拓展电话订购业务来提高业绩。"随后她略微犹豫了一下，补充道："我想大凡女性应该都知道。"

草薙和间宫的脸上浮现出一丝困惑的神色，尤其是草薙，似乎原本还打算拿内衣话题来开个三流玩笑的，但当着薰的面他还是忍住了。

"是吗……内衣啊。"间宫似乎想找点话说，"这其中有什么问题吗？"

"从当时的状况来看，被害人签收了货物后就把那个盒子放在鞋柜上没动过了。"

"然后呢？"

"如果随后要来客人，我想她应该不会那么做。"

"为什么？"

"说到为什么……"薰不由得皱起了眉头，"毕竟是内衣，她不会想让别人看到的。"

"话虽如此，但内衣还是新的，而且连包装盒都还没打开过，没必要太在意——是吧？"间宫向草薙寻求认可。

"我也这么觉得。而且也只有你才知道里边装的是什么，一般人根本就不知道，更别说是男人了。"

薰有些烦躁，但还是继续耐心地解释道："一般人会想，即使是男人或许也知道。不管内衣是不是新的、包装盒打开过没有，女人一般都不希望别人知道她所穿的内衣情况。如果随后还有客人要来，肯定会把盒子藏起来。就算忘记了，走到玄关去开门的时候也会注意到。"

草薙和间宫面面相觑，唯有这种有关女性心理的问题，他们没有十足把握能把对方驳倒。

"可话说回来，有没有可能是凶手把盒子放在那里的呢？"草薙说道。

"我可没这么说。"

"那你究竟是什么意思？"

"我在想，或许被害人当时根本就没有想要藏那盒子。"

"这话什么意思？"间宫问道。

"像刚才说的那样，通常情况下，客人来之前被害人会把盒子藏起来，如果来客是个男人就更是如此。但她没有这么做，我觉得原因是她认为根本就没有必要。"

"为什么没有必要？不是已经有人去过她家了吗？就是那个家具店店员。"

"对。"

"既然如此，她不是有必要把盒子收起来吗？"

"一般来说是这样，但也存在即便有人来也不必把内衣藏起来的情况。"

"哪种情况？"

"如果来客是她的恋人。"薰接着说道，"如果冈崎光也是江岛千夏的恋人，我想她应该就不会特意把盒子收起来了。"

哆来咪比萨木场店距离深川警察局不远，徒步几分钟就到了。

要查明案发时送比萨的人并不困难，那个年轻人名叫三井礼治。

"对，我记得就是这个人。当时我从车里刚把比萨拿出来就被他撞了一下，他连'对不起'都不说就想走，我还叫住他冲他发了两句牢骚，紧接着就发生了坠楼一事。"三井望着冈崎的照片，毫不含糊地说道。

"没弄错人吧？"以防万一，草薙再次确认了一遍。

"没弄错。毕竟当时还发生了那样的事，所以我印象很深。"

"感谢您的配合，这一线索对我们很有帮助。"草薙把照片放回胸前口袋，望了薰一眼，似乎在说"这下你满意了吧"。

"当时他是什么样子？"薰向三井问道。

"什么样子？"

"当时他看起来是否有什么异样？"

"嗯……我也记不太清楚了。"三井皱起眉头，歪着脑袋想了一会儿，然后突然像是想起了什么似的说道，"对了，他还撑了把伞。"

"伞？"

"当时雨已经停了，可他还打着伞，所以才看不到前边而撞到了我。"三井愤愤不平地说道。

5

"江岛小姐几乎都没和我提过这类事。其他刑警也问过我这一问题，但我只能这么回答您了。"前田典子一脸歉意地低着头。白色衬衣外边罩着蓝色马甲，她穿的似乎是这家银行的制服。

薰来到江岛千夏生前供职的位于日本桥小传马町的银行分部，借用了二楼会客室的一间房间，正在询问江岛千夏生前最为亲近的朋友前田典子。

她所说的"这类事"，指的就是江岛千夏与异性之间的往来了。据前田典子说，江岛千夏生前一直不想结婚，觉得就算独身一辈子也没关系。

"那她最近表现出什么异样了吗？"

"应该没有吧，至少我没感觉到。"

"您见过这个男人吗？"薰向她出示了一张照片。

前田典子的反应并不理想。"没见过。"

薰轻轻叹了口气。"我知道了。百忙之中前来打扰，实在是万分抱歉。最后可否让我看一下江岛小姐生前用的办公桌？"

"办公桌？"

"是的，我想亲眼看看她生前的工作环境。"

前田典子稍稍有些疑惑，但还是点了点头。"我去请示上司。"

几分钟后，前田典子回来说上司同意了。

江岛千夏的座位在二楼投资咨询窗口附近，办公桌收拾得很整洁。薰在椅子上坐下来，拉开了办公桌的抽屉，里边整齐地摆放着文具、各种大小不一的文件和印章之类的东西，和薰在江岛家看到的情形很相似。唯一不同的就是这里并没有关于江岛千夏恋人的蛛丝马迹。

这时，一个身材矮小的中年男人走了过来。

"这张桌子还得这样放多久？"

"啊……"薰不知该怎么回答才好。

"之前来的刑警让我们最好先原样摆放一段时间，但毕竟我们也得重新雇人，希望能够尽快收拾一下。"

"我知道了。我会找上司确认。"

男人说了句"有劳"后转身离开了。

就在薰打算关上抽屉结束调查的时候，她的目光停留在一份文件上。

"这是什么？"她向前田典子问道。

前田典子看了一眼文件，回答道："要求更改银行卡密码的申请。"

"是客户的东西吗？"

"不，似乎是江岛小姐想更改自己的银行卡密码，上边写着她的名字。"

"她为什么要改密码呢？"

"这我就不清楚了……"前田典子歪着头说道，"或许是出了什么问题吧。"

一个念头闪过薰的脑海。

"抱歉，我还有个请求，不知你们是否方便。"薰不由得大声说道。

听到薰的这番大呼小叫，周围的人都转过头来看着她。

这天夜里，薰一直待在深川警察局的小会议室里。面前的纸箱里堆放着从江岛千夏家发现的书信之类的物品，薰已经一一检查过，没有发现值得期待的东西。她叹了口气，就在这时，开门声传进了耳中。

草薙走了进来，冲着薰苦笑了一下。"发现什么有趣的东西了吗？"

"没那么容易能找到。"

"你到底在找什么？想哗众取宠还差得远呢。"

"我没有哗众取宠，只不过是在奉命调查江岛千夏生前的人际关系，找一下关于她恋人的情况罢了。"

"我记得组长当时是让你先去调查一下江岛千夏住的公寓里有没有和她较熟的住户吧？"

薰深呼吸了一下，摇了摇头。"江岛千夏的交往对象不在那栋公寓里住。"

"你凭什么如此断定？"

"首先，江岛千夏的手机通话记录里没有同一栋公寓住户的号码，也没有他们的电子邮箱地址。"

"或许正因为住在同一栋公寓，才没有必要打电话和发信息。"

薰摇了摇头。"这不可能。"

"为什么？"

"正是因为住在身边，才更想打电话——女人就是这样的。"

草薙一脸不快地闭口不言，或许对方那句"女人就是这样的"令他无言以对。

"还有一点，据我调查到的情况来看，住在那栋公寓里的男性要么是有妇之夫，要么就是未满十八岁的男孩。"

"那又怎么样？"

"他们不可能是被害人的结婚对象。"

草薙耸了耸肩。"男女之间未必就一定会牵扯到婚姻。"

"这我知道，但江岛千夏的情况有所不同，她是以结婚为前提才和对方交往的。"

"你凭什么这么说？"

"您还记得她家起居室收纳柜旁的书报架吗？里面放着几本结婚信息杂志，而且还是上个月才发行的。"

听完薰的话，草薙缄口不言，随后又舔了舔嘴唇说道："可能仅仅是憧憬结婚吧？江岛千夏已经三十岁了，有点着急也不足为奇。"

"没有女人会仅仅因为憧憬就买结婚信息杂志。"

"是吗？但是没有购车打算却会买汽车杂志的男人可有一大堆。"

"请您别把结婚和买车混为一谈，我认为江岛千夏有一个打算与之结婚的交往对象。"

"如果真像你说的，那更应该会留下通话记录了。但从目前的情况来看，并没有发现那个人，关于这一点你又如何解释？"

"已经发现了，但我们却把他放走了。"

草薙两手叉腰，俯视着薰。"你是指冈崎光也？"

薰对他的问话不置可否。

草薙焦躁地揪了揪自己的头发。"听说你还到被害人工作的地方调查了一番？这样可不行啊，负责在被害人工作场所调查取证的同事对此抱怨不已。"

"对不起。"

"不过那个同事宽宏大量，看你是女人就没有太过追究。可你不是最讨厌因为自己是女性身份而得到特别优待吗？"

"随后我会去道歉的。"

"没事，我已经替你道过歉了。对了，听说你还把冈崎的照片拿给被害人的朋友看，问有没有人认识他？"

薰再次闭口不言，她早就做好这件事被发现的心理准备了。

"你还在怀疑冈崎吗？"

"他是我心中的头号嫌疑人。"

"你这异想天开的猜测不是早就已经有结论了吗？而且如果那家伙就是凶手，他又怎么可能自己送上门来呢？"

"我觉得冈崎主动找我们，是因为他料到我们迟早会通过被害人的手机通话记录查到他，与其坐以待毙不如先下手为强。"

"既然如此，他就不必把手机拿走了啊。"

"或许他这么做是在争取时间。来找我们前他一直在考虑该怎么对我们说。"

"可冈崎目击到了江岛千夏坠楼的瞬间，当时还有证人。难道比萨店的店员也是他的同伙？"

"我可没这么说。"

"那么你来说说，一个站在楼下的人，如何杀掉一个身在七楼的人呢？"

"不妨设想冈崎是在房间里杀的人，然后借助某种机关想办法让尸体在他离开公寓后再落下。"

"你是说从远处操控使尸体坠楼？"

"也可能是用了定时器之类的装置……"

草薙抬头望了望会议室的天花板，做了个无可奈何的姿势。"案发后警察立刻赶到了江岛千夏家，如果当时屋里真有你说的那种装置，那他们早就应该发现了。"

"会不会是种无法被发现的装置呢？"

"比如说？"

"这个嘛……我也不太清楚，不过还是觉得有些蹊跷。送比萨的人说当时雨已经停了，但冈崎还是撑着伞。而冈崎则说他当时已经在附近逛了一圈，不可能没有察觉到雨已经停了。"

草薙缓缓地摇了摇头。"你想得太多了，这件案子确实有很多让人费解的地方，但既然眼下找不到其他答案，就应该接受现状。冈崎这个人是清白的。"说完草薙转身背对着薰。

"前辈，"薰绕到他的身前，"我有个请求。"

"什么请求？"

"能请您介绍我认识一下那位吗？"

"哪位？"草薙一脸不解地弯起了眉梢，随后他像是明白了薰的意思似的撇了撇嘴。

"就是那位帝都大学的汤川学副教授。"

草薙在脸前摆了摆手。"你还是死了这条心吧。"

"为什么？我听说前辈曾经多次采纳了汤川副教授的建议，顺利破案。既然如此，这次为什么不能请他出面帮忙协助调查呢？"

"那家伙再也不会协助警察调查了。"

"为什么啊？"

"这个嘛……说来话长。而且那家伙本就是个学者，不是侦探。"

"我并不是请他帮忙侦破案件，只不过想问他，有没有可能在离现场一段距离的地方使尸体从七楼阳台坠落。"

"那家伙肯定会说'科学不是魔术'。你还是死了这条心吧。"草薙推开薰，向走廊走去。

"请您等一下！请看看这个。"薰从手提包里拿出一份文件。

草薙一脸不耐烦地转过头来。"那是什么东西？"

"是我从江岛千夏办公桌里找到的更改银行卡密码的申请表。虽然最后并没有提交上去，但她生前的确有过更改密码的打算。"

"那又怎么样？"

"您觉得她为什么要更改密码呢？"

"大概有人知道了她的密码。"

"不，我觉得或许不是这样。"

"你怎么知道不是？"

"她那张卡的密码是0829，她是觉得如果继续使用这个密码会有麻烦。"

"为什么？"

薰深吸了口气，然后缓缓呼出。"因为冈崎光也的生日就是八月二十九日。"

"什么？"

"当然，这不过是个巧合罢了，因为江岛千夏先办了这张卡，过了很久才开始和冈崎交往。但这种巧合却令江岛千夏感到十分危险。如果她和冈崎结了婚，那么这张卡的密码就和她丈夫的生日一致了。在银行工作的她最在意这种事。"

听着薰的述说，草薙的表情开始出现了微妙的变化，睁大的双眼中蕴藏着锐利而认真的光芒。

薰低下头。"求您了，请让我认识一下汤川老师吧。"

草薙重重地叹了口气。"我会给你写封介绍信，不过可能没什么用。"

6

匆匆看过从信封里取出的便笺，汤川把它塞了回去。他仪表堂堂，面无表情，从金丝眼镜后投来的目光极为冷峻。

他把信封往书桌上一放，抬头看了看薰。"草薙还好吗？"

"挺好的。"

"是吗？那就好。"

"其实我今天前来打搅是有一事想问您……"

薰正打算说明来意，汤川抬起右手打断了她的话。

"介绍信上已经写得很清楚了。说是或许我会不太乐意，但还是想让我帮你出点主意。他说得没错，我确实不太乐意。"

薰心想，这人说话可真够拐弯抹角的，或许在他们这些学者当中，像他这样的人不少。"可我听说您以前经常协助警方办案。"

　　"以前确实如此，但现在不同了。"

　　"为什么？"

　　"因为一些私人原因，和你没有什么关系。"

　　"您能听我说说情况吗？"

　　"没必要，因为我根本就不打算帮你们，而且介绍信里已经大致都写明白了。你是想知道在相隔一定距离的地方能否不接触就使人从阳台上坠落下去吧？"

　　"估计当时已经不是活人，而是一具尸体了。"

　　"都一样。总之我没工夫考虑那种问题，抱歉，请回吧。"汤川把介绍信推给薰。

　　薰没有伸手去接信封，而是盯着物理学家的眼睛继续说道："您的意思是说，这不可能？"

　　"这我可不清楚，这事和我无关。我早就不再协助警方办案了。"汤川的语气听起来有些烦躁。

　　"那么能请您别把这件事当作警方的调查，就把它看成一个不擅长理科的人向您请教的物理问题好吗？"

　　"既然这样，那也不一定非要找我，其他人一样可以给你们出主意。你还是去找别人吧。"

　　"老师的工作是帮人答疑解惑，您就是这样对待上门向您请教的学生，给他们吃闭门羹的吗？"

　　"你可不是我的学生，你也从来没听过我讲课吧？你们不过是在利用警方的权威，随意支使他人罢了。"

"没这回事。"

"别大呼小叫，那么我问你，至今你学过多少科学知识呢？你刚才说不擅长理科，那你是否努力过呢？难道不是一早就彻底放弃，背过身去不再面对科学知识了吗？既然如此，你就一辈子都别再跟科学打交道好了。请不要一遇到问题就挥舞着警察手册，跑来命令研究科学的人替你们解开谜团。"

"我没命令过您……"

"总而言之，我无法满足你的要求。很抱歉，授业解惑的人也有权选择教学对象。"

薰低头咬住了嘴唇。"您这么说，是因为我是女人吗？"

"你说什么？"

"因为我是女人，所以您觉得就算跟我说了那些复杂的理科问题我也不会明白，是吗？"薰瞪着眼前的物理学家说道。

汤川听后不禁笑道："你这么说可是要被全世界的女科学家痛斥的。"

"可是……"

"还有，"汤川的目光变得犀利起来，"如果每次遇到对手的回应不理想时就归罪于自己的女性身份，你最好还是趁早辞掉现在的这份工作吧。"

薰紧紧咬住了嘴唇。虽然她心有不甘，但物理学家方才的话并没有说错。正是做好了迎接一切困难的准备，她才选择了现在这份工作。而刚才对方指责她滥用警方的权威，下令学者解开谜团，倒也并非一派胡言。在听到关于汤川的传闻时，她也确实有过找汤川帮忙一定会有转机的想法。"很抱歉，我们真的很需要您的协助……"

"这事和你是不是女人没有任何关系，只是我已下定决心不再和警方的调查扯上任何关系了。"汤川的语调恢复了平和。

"我知道了。抱歉在您百忙之中前来打扰。"

"我才该抱歉，帮不上你任何忙。"

薰点头致意，转身向门口走去，但在离开前她还是试着说了一句："我在想凶手用的是否是蜡烛。"

"蜡烛？"

"先在尸体上绑上绳索垂挂到阳台上，再把绳索的另一端拴好固定住，然后在绳索旁放上一支点燃的蜡烛，等蜡烛越烧越短，就会点燃绳索将其烧断——不知道这样的手法是否可行？"

汤川并没有回答她的问题，薰扭头一看，只见他一边喝着马克杯里的咖啡，一边眺望着窗外。

"请问……"

"那你就动手试一下吧。"汤川说道，"既然有想法，那就去动手试试吧。通过实验得来的结果，可比我的建议要有用得多。"

"可是，这一想法有动手实验的价值吗？"

"这世上不存在没有价值的实验。"汤川立即答道。

"谢谢您，多有打搅了。"薰向着汤川的背影低头行了一礼。

离开帝都大学后，薰去了趟便利店，买了蜡烛、烛台和一捆塑料绳，随后便去了江岛千夏的家。房门钥匙就在薰手上，在离开警察局的时候，她想如果汤川愿意出面协助调查，或许有必要让他到现场来看一看。

刚一进屋，薰便着手准备实验。她原本打算找个东西代替尸体挂到阳台上，但她不能真把什么东西从七楼抛下去。无奈之下，只得把塑料绳的一端拴在阳台的栏杆上。

现在的问题在于，该把绳索的另一端拴到什么地方。毕竟绳索要承受住尸体的重量，所以必须得找一处足够结实的地方才行。但她环顾室内，找不到一处适合的地方。

最后她只得把绳索拉到厨房，把另一端拴到了水龙头上，又在旁边放上蜡烛，点上了火。火焰的位置处在紧绷的绳索上方五厘米处。

她一边看表一边等着蜡烛烧短。

在火焰即将与绳索融为一体时，绳索发出吱吱的响声燃烧了起来，紧绷在阳台和厨房间的绳索无声无息地落到了地板上。

就在这时，一阵拍手声传入屋里，薰大吃一惊，走出厨房，只见身穿黑色夹克的汤川正站在起居室的门口。

"精彩，看来你的实验成功了。"

"老师……您怎么会在这儿？"

"我虽然对调查没什么兴趣，却很想知道你的实验结果，同时也希望亲眼看一下外行到底是怎么做的。地址是草薙告诉我的。"

"您是来泼我冷水的吗？"

"如果你非要这样想的话，倒也未尝不可。"

薰转身走回厨房，两眼望着依旧还在燃烧的蜡烛。

"你在做什么？"汤川在她身后问道。

"看蜡烛。"

"目的何在？"

"我想确认它燃尽后会是什么状态。"

"的确，当时现场没有留下蜡烛烧过的痕迹，所以必须假设它当时已经烧尽了。不过，其实不必用这么长的蜡烛做实验，等它燃尽还得花上很长一段时间呢。"

听汤川这么一说，薰才意识到这个问题。她有些烦躁，但还是一言不发地吹灭蜡烛，折下一厘米左右的长度，再次点上了火。

"你也没必要一直这么盯着吧？蜡烛自然会熄灭的。"汤川说完转身走出厨房，在沙发上坐了下来。

薰拿着剪刀走到阳台，剪断了绑在栏杆上的绳索，回到屋里。

"以防万一，我多问一句。当时尸体上是否拴有这样的塑料绳呢？"汤川问道。

"没有。"

"那么塑料绳被蜡烛烧断后到哪儿去了呢？"

"这个疑问……还没有解决。不过也不能排除缠在尸体身上的绳索在尸体坠落时松动并飘到其他地方的可能性。"

"你觉得凶手当时就是抱着这种侥幸心理犯案并如愿以偿的吗？"

"所以我说这个疑问目前还没有解决。"

薰回到厨房看了看蜡烛，烛火已经熄灭，但留下了一堆蜡痕。虽然她早已大致猜到了结果，但不免还是有些失望。

"就算蜡烛烧尽后没有丝毫痕迹，我也不觉得凶手会使用蜡烛。"汤川站在薰的身后说道。

"为什么？"

"因为他当时并不清楚别人会在案发后多久冲进这间屋子里来，如果早于他算好的时间，就会被人发现蜡烛还在燃烧。"

薰撩起额前的刘海，顺势用双手揪住了自己的头发。"老师真坏。"

"是吗？"

"既然您早就知道结果会是这样，为什么不早点告诉我？这个实验根本就毫无意义。"

"毫无意义？我刚才不过是指出了问题所在，并没有说它毫无意义。我已经说过，这世上不存在没有价值的实验。"汤川再次坐回沙发，跷起了二郎腿，"先动手试一试——这种态度是最重要的。就连很多理科学生整天都只会在脑子里思考理论，而不用实际行动去验证自己的想法，他们是不会取得多大成就的。就算结果显而易见，也还是要亲自动手验证一下，只有在实验中才会有新发现。虽然我找草薙打听地址到了这里，但如果你并没有做实验，我会转头就走，更别提会再次出面协助你们了。"

"您这话是在夸奖我吗？"

"当然是。"

"……谢谢。"薰用连自己都觉得冷淡的语调小声说道。

"草薙的介绍信上说，你一直怀疑一个人。能说说你的依据吗？"

"有几处地方。"

"那都对我说说，尽量简明扼要一些。"

薰把玄关处放有装着内衣的盒子以及被害人生前打算更换密码等情况告诉了汤川。

汤川点点头，用指尖扶了扶眼镜。"这样啊。从你说的来看，冈崎光也确实可疑，不过他目睹了坠楼一幕，有完美的不在场证明。这样一来，也就无法继续追究下去了。"

"但我总觉得坠楼一事或许另有隐情。"

"怎么说？"

"凶手曾击打过被害人的头部，却并不清楚那一击是否已令被害人死亡。可不管怎么说，凶手都没有必要把被害人从阳台上推下去。因为如果当时被害人已死，那也就不必再管了；而如果被害人只是昏了过去，掐死她就行了。尽管被害人体重很轻，但把一个女人弄到阳台上也不是件轻松的事，况且还有可能被人看见，这样做对凶手没什么好处。"

"凶手是否打算制造出死者自杀的假象？"

"草薙前辈和组长都是这样认为的，但既然如此，凶手应该把凶器处理掉才对。他们认为凶器被遗留在现场可能是因为凶手当时不知所措，但实际上凶手冷静地把指纹抹掉了。"

"但被害人确实是从楼上坠落的。"

"没错。所以我觉得凶手那么做的目的不是伪造自杀假象，而是另有图谋。"

"你的意思是，为了制造不在场证明？"

"是的。不知这么样想是否有些贸然。"

汤川一言不发地从沙发上站起身来，开始在起居室里来回踱步。

"要想在相隔一段距离的地方使尸体从阳台坠落并不难，像刚才多次提到的那样，问题在于如何善后。如果凶手当时使用了什么东西，一定会留下痕迹。"

"但现在却并未发现任何痕迹。"

"表面上看确实如此，但实际上不过是因为疏漏才没有注意到。现在必须重新审视这间屋里的所有物品，找出能使杀人手法成立的证据。"

"该怎么找呢……"薰再次环视了一下屋子，既没有发现遥控操纵的机器，也没有发现定时器之类的东西。

"从根本上来讲，你的想法并没有错。要把尸体吊起来必须要有绳索，只要能够找到一种尸体坠落后便会消失的绳索，问题也就迎刃而解了。"

"会消失的绳索？"

"怎样才能弄断那条绳索呢？用什么才能不留痕迹？"汤川停下脚步，两手叉在腰间，"屋里的摆设和案发时完全一样吗？"

"应该是的。"

汤川皱起眉头，开始摸下巴。"说起来，这屋子收拾得很整洁，地板上几乎没放东西。"

"这一点也让我很佩服，当时地板上只有凶器。"

"凶器？"汤川看了看脚边，"什么东西也没有啊。"

"确实没有，因为鉴定科的人已经把凶器拿走了。"

"凶器是什么？"

"是一口不锈钢制成的锅。"

"锅？"

"就是那种沉重结实的长柄锅，人被它打到，即便不死也会晕过去。"

"是锅啊。当时它在哪里？"

"记得是在那附近。"薰指了指玻璃窗那边，"而锅盖则在这里。"接着她又指了指墙边。

"什么？"汤川说道，"还有锅盖？"

"是的。"

"锅和锅盖啊……"

汤川转身走向阳台，刚走一半便站住不动了。伫立片刻后，他的目光落到一旁的吸尘器上。接着他突然意味深长地笑了起来，一边笑一边不停地点头。

"老师……"

"有件事要拜托你。"汤川说道，"可以帮我买样东西回来吗？"

"买什么？"

"还用说吗？"汤川微笑道，"当然是一口和凶器一模一样的锅了。"

7

"首先在锅里加入少量水，放到火上煮沸。"

屏幕上出现了汤川的身影，地点在一栋公寓的厨房。这间屋子的结构和江岛千夏生前住的那间完全一样，只是室内的装修不同。这是汤川找人借来暂用的二楼的房间。

"水沸腾了。等到锅中像这样充满了水蒸气时，把锅盖盖上，再马上将其冷却。"

汤川把锅塞进水槽里已经准备好的另一口装满冷水的大锅，拿起一块两厘米见方的冰块。

"用这块冰堵住锅盖上的排气孔，等冰块稍微融化开一点后，就会配合漏气孔的形状自行变形，因此冰块是不会从锅盖上滑落下去的。如此一来锅盖就会像这样牢牢地吸在锅上，无法轻易被分开。"

汤川握着锅盖往上提了提，果然如他所说，盖子和锅牢牢地吸在一起。

"这是因为立即将锅冷却后,锅里的水蒸气又变回了水。锅内气压比锅外低,压力差使盖子被锅吸住,不易被掀开。想必各位也时常会碰到汤碗的盖子吸在碗上拿不下来的情况,其实原理是一样的。"

汤川来到起居室,把锅放在地板上,旁边已准备好一个细长型沙袋和一台吸尘器。

"这个沙袋重约四十公斤,和江岛千夏女士的体重大致相同。江岛女士死时身上穿着运动衫,所以我也在沙袋外套上一个相同材质的罩子。运动衫上有连通身体和袖口的部分,所以我在罩子上也剪开了两个洞,把吸尘器的电线全部抽出来从这两个洞中穿过去。"

汤川把吸尘器的电线抽出来拉到头,然后把电线从罩子的洞里穿过去。

"接下来的步骤有些麻烦,但我们还是来尝试一下好了。把这个沙袋搬到阳台上。"

搬好后,汤川又把吸尘器挪到了玻璃门旁。接着,他把一侧的玻璃门关到只剩下五厘米左右缝隙的程度。

"这样一来,就算拖动电线,吸尘器也会被玻璃门卡住而无法移动,电线的一端也就固定住了。至于电线的另一端,我要把它绑在'尸体'上。"

汤川打开另一侧的玻璃门,再次来到阳台。像晒被褥一样把沙袋搭到阳台的栏杆上,之后紧握电线的插头一端,缓缓地把沙袋往外推。眼看沙袋就要从阳台栏杆外侧滑落下去,汤川紧紧地拉着电线,艰难地阻止了沙袋坠落。

摄像机的镜头对准了吸尘器,吸尘器的电线被拉伸到最长,机体则被卡在玻璃门内。

汤川紧握电线走回屋里。

"接下来，刚才那口锅要登场了。"只见汤川用单手把锅拖到身边，将另一只手中紧握的电线缠到了锅盖的把手上，又把插头塞到电线的下边。然后他把另一侧的玻璃门也关到只留下几厘米缝隙的程度，这样一来，缠上了电线的锅也像吸尘器一样被卡在了玻璃门内。确认过一切后，汤川缓缓松开紧握电线的手。

"这样一来，所有的机关就全部设置完毕了。请各位耐心等候，看看情况会变得如何。首先会发生变化的就是紧贴在锅盖排气孔上的那块冰了。时间一久，冰块自然会融化，随之空气就会进入锅里。空气进去后，内外压力逐渐趋同，锅盖也就会从锅上松动脱落开来。现在为了让冰块尽快融化，我把空调设定到比通常稍高一点的温度。"

摄像机的镜头拍下了整个场景，而汤川的身影则消失到了镜头之外。

咣的一声，锅盖与锅分离开来，与此同时，缠在锅盖上的电线如同蛇一般弹了起来，紧接着，沙袋从阳台的栏杆上消失了。

汤川再次出现在镜头中，他走到阳台，朝下边望了望。"没事吧？很好。先那样放着吧，过会儿我去收拾。谢谢。"接着他转身查看了一下吸尘器。"电线已经全部盘回去了，锅也滚落到了地上。实验结束。"

屏幕上的汤川低头行礼之后，薰关闭了摄像机和显示器的电源，小心翼翼地窥视了一下上司们的表情。

间宫面无表情地靠在椅背上，草薙双手抱胸，两眼盯着天花板，其他前辈也全都一副难以置信的模样。

"大体情况就是这样。"薰试探地说道。

"草薙，"间宫开口说道，"是你请伽利略老师出面的吗？"

"我只是写了封介绍信而已。"

"嗯，"间宫托着下巴，"不过，我们没有证据证明冈崎曾经这样做过。"

"确实没有。但既然存在这样的手法，也就不能断定冈崎绝对无辜。"薰说道。

"这事不用你说我也明白。"间宫说完后望了望在场的部下们，"现在开会，调整一下调查的方向。"

草薙看着薰，悄悄地向她竖起了大拇指。

8

推开房门，一个身穿白大褂的背影便映入了眼帘。试管里装着一些透明液体，下面则用酒精灯在加热。身穿白大褂的人正在用摄像机拍摄着这一幕。

"很危险，别再靠近了。"汤川背对着来人说道。

"你在干什么？"草薙问道。

"做一个小小的爆炸实验。"

"爆炸实验？"

汤川从试管旁走开，指了指身旁的显示器屏幕。

"上边不是显示着数字吗，它代表试管中的液体温度。"

"九十五度，啊，上升到九十六度了。"

数字依旧在不断攀升，在达到一百零五时，试管里的液体突然喷了出来，溅到草薙和汤川脚边。

"一百零五度啊，大致和我预想的一样。"汤川走到试管旁，熄灭酒精灯，这才转过身来面朝草薙问道："你觉得试管里装的是什么？"

"我怎么可能知道。"

"你看像什么就随便说说好了。"

"像什么？我看就只是普通的水罢了。"

"说得没错，就是普通的水。"汤川开始用抹布擦拭着被溅湿的桌面，"只不过是用离子交换制成的超纯水罢了。一般情况下，水会在一百度时沸腾，不过沸腾不会突然发生，而是首先出现较小的气泡，随后再冒出较大气泡。但如果条件允许，水能够不经过这些阶段就沸腾，在这种情况下，水不会在一百度的沸点沸腾，而是会在超过其沸点时突然'爆炸'，这种现象被称为'突沸'。所以如果太过相信水会在一百度时变为水蒸气这种常识，可能会被烫得遍体鳞伤。"

草薙苦笑一下，环视了一圈屋内。"好久没听你讲解了，有些怀念起这间研究室了呢。"

"你在这里做过研究吗？"

"我曾在这里看过好几次实验。"草薙说着从手提纸袋中拿出一个细长的盒子，放到了身旁的桌上。

"这是什么？"

"红酒，我也不是很懂，店员给我推荐的。"

"你居然会带礼物来？真是少见。"

"算是一点回礼吧，我的后辈给你添麻烦了。"

"也没什么，只是个简单的物理实验而已。"

"多亏你的实验，案件才得以顺利侦破，所以还是得来向你道声谢。只不过有个令人遗憾的消息要告诉你。"

"让我先来猜猜。"汤川脱下白大褂，挂到椅子的靠背上，"真相和我的实验有出入？"

草薙回望了老朋友一眼。"你已经知道了？"

"我从一开始就不觉得真相就是那样，只是试着用那间屋子里的东西看看能否制作出把尸体抛下的定时装置罢了。你刚才说是个遗憾的消息，但对我来说没什么遗憾的。我无所谓，就是不知道那个女刑警会怎么想。"

"那家伙好像觉得有点遗憾。"

"那真相究竟如何？"

"是自杀。"

"果然如此，我早就有这种感觉了。"汤川点了点头。

"怎么说？"

"嗯，边喝咖啡边说吧。"

汤川端来两个不算干净的马克杯，草薙苦笑一下，接过杯子喝了一口。

"我们费尽九牛二虎之力，才查到冈崎是江岛千夏恋人的证据。关键物件是江岛千夏生前持有的一张卡片。经过调查，那是一家地处千叶的情人旅馆的卡片，上面还有冈崎的指纹。据冈崎说，他本打算把那张卡片扔进旅馆的垃圾箱，可江岛千夏又把它偷偷收起来了。"

"她为什么要那么做？"汤川一脸诧异地问道。

"还用说吗，有卡下次再去可以打折。"

"这样啊……后来冈崎也就彻底死心了吧？"

"并没有，他承认了与江岛千夏交往一事，却否认和此案有所关联。他坚称既然目击到了坠楼的瞬间，自己就不可能行凶。"

"那么你们是怎么做的？"

"尽管违反规定，但我们还是给他看了那段你热情出演的实验录像。"

"冈崎一定大吃了一惊吧？"

"眼睛都瞪圆了。"回想起当时冈崎光也的表情，草薙至今都有些忍俊不禁，"当时他完全慌了，说根本就不知道还有这种方法，还说根本不是自己做的。接着他就坦白了，承认曾经击打过被害人。"

"用那口不锈钢锅吗？"

草薙点了点头。

"冈崎家有妻儿，只是抱着玩一玩的心态和江岛千夏交往的，但对方却当真了。据冈崎说，他从没有承诺过什么，但不知何时起，江岛千夏一心认为冈崎会和妻子离婚，然后再和她结婚。不过毕竟死无对证，真相如何谁也不知道。总而言之，那天夜里冈崎去找江岛千夏谈分手的事，没想到对方勃然大怒，还说要打电话到冈崎家。"

"然后就轮到冈崎发火了吧？"

"据他本人所说，当时他又气又急，记不清具体细节了，等回过神来看到江岛千夏倒在地上时还以为她已经死了，一心只想赶快逃走。等他离开公寓目击到坠楼一事时，做梦都没想到掉下来的人是江岛千夏，直到第二天看到新闻后才终于明白他当时并没有把江岛千夏打死，对方是在他走后才跳楼自杀的。"

"然后他又想起正好和送比萨的人有过冲突，是个绝佳的不在场证明，于是主动去找了警察？"

"嗯，大致如此。"

"这样啊。"汤川笑着喝了一口咖啡。

"估计他会被指控为蓄意伤人，却无法按杀人定罪，毕竟我们手中没有能够证明他使用过那种手法的证据。"

"那种手法……"汤川喝完杯里的咖啡，轻轻晃动着马克杯，"其实根本无法实施。"

草薙稍微有些吃惊，盯着老朋友。"是吗？可那段录像不是已经……"

"那段录像里的实验确实成功了，但你知不知道，为了拍摄成功，前前后后实验至少失败了十次。"汤川小声笑道，"有时吸尘器的电线无法盘回，有时锅盖一下子就松开了，总而言之失败连连。那位女刑警似乎是姓内海吧？难为她一直坚持到了最后呢。"

"都没听那家伙提起过。"

"那是因为没有说出来的必要。只须大力宣传成功案例——这可是科学界的常识。"

"那个家伙……"

"不是很好吗？案件因此得以顺利解决。她今后会成为一名不错的刑警，而我也很久没碰上过这么有趣的事情了。"

"有趣吗？那么从今往后也……"

草薙话才说到一半，汤川便像是要打断他一般竖起食指贴在嘴唇上。随后他微微一笑，晃了晃那根竖起的指头。

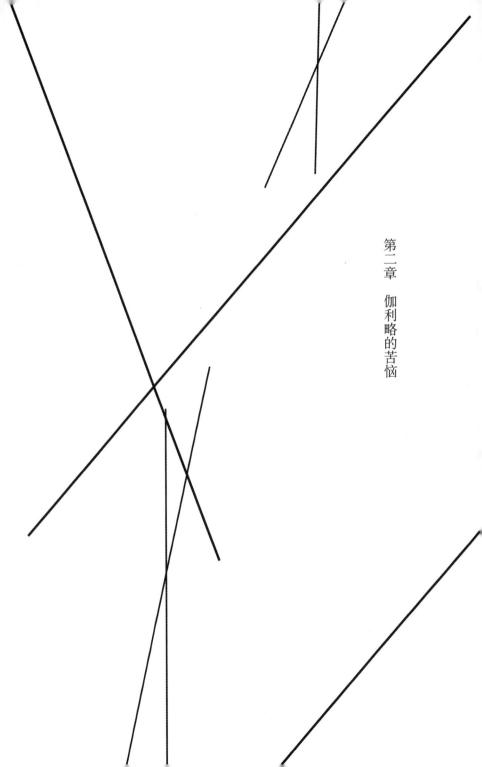

第二章　伽利略的苦恼

1

邦宏背靠窗户，脸上带着一丝冷笑，目光让人感觉不到半分同情心。奈美惠曾不止一次地思考过，究竟是怎样的成长环境让这个人变得如此冷酷无情。此时此刻，她的脑海中不由得再次浮现出了这个疑问。

"我应该说过了，我是不会改变主意的。"邦宏撇了撇嘴，"我是不会离开这里的，这是我的家，我为什么必须要离开？即便真有那个人的话也不会是我，而是别人——对吧，奈美惠？"说着，他看向奈美惠。

奈美惠低下了头，不想去看他的眼睛。

"奈美惠没有离开的理由。"幸正用沙哑的嗓音说道。他坐在轮椅上，恶狠狠地瞪着眼前的亲生儿子。

然而邦宏似乎一点也不害怕，若无其事地耸了耸肩。"是吗？那我就更不用离开这个家了，有什么不满找律师去！但不管哪个律师都会告诉你们，我有权在这个家住下去。"

"不是说了会分给你应得的东西吗？"

邦宏哼了一声。"你还能给我什么？除了这个家之外，你哪里还有什么像样的财产？"

"你住嘴！是谁把这个家弄成这样的？"

"我不过是在行使个人权利罢了。反正等你一死，这些东西就都归我了，先拿来用一下有什么不行？"

"你这家伙……"幸正拄着手杖挣扎着想要站起来，却踉跄了一步，靠到了身后的书架上。

奈美惠叫了声"爸爸"，赶忙跑到他身旁，扶他坐回了轮椅上。

"别太勉强自己。下次脑溢血的话，你连轮椅都挪不动了。"

"用不着你管。"幸正的肩膀剧烈地起伏着，"我不想和你说这些，我今天来是要把那些东西拿回去。"

"随便。你拿那种破烂玩意儿做什么？"

"与你无关。去把东西拿来吧。"说着，幸正抬头看了看奈美惠，"抱歉，麻烦你跟他去一趟，那些东西对我而言很宝贵，不想被他糟蹋了。"

尽管有些不情愿，奈美惠还是点了点头。她很清楚那些东西对幸正而言有多重要。

"一点儿都不信任我。"邦宏咂了咂舌，转身走出房间。奈美惠紧随其后。

两人来到走廊上，走进隔壁房间，邦宏平日把这房间当作卧室用，里边有一张双人床。奈美惠扭过头，尽可能不去看那张床。

邦宏打开柜子，从里边拖出一个纸箱。

"东西应该就在里边。老家伙似乎不喜欢我碰他的东西，你来清点一下吧。"

奈美惠蹲下身子，开始检查纸箱里的东西。

纸箱里装的是瓶中船。装过威士忌的酒瓶里现在装着小小的帆船模型，当然，船的大小要大过酒瓶的瓶口。这种艺术品是先把帆船部件放入瓶中，再用镊子在瓶内组合而成的。

一共有三只瓶中船，都是幸正亲手制作的。

"可以了。"奈美惠合上纸箱。

这时，邦宏忽然从身后一把抱住了她，奈美惠好不容易才忍住没叫出声来，她不想让幸正听到。

"你要做什么？"她小声说道。

"你要叫就叫好了，反正那老家伙也无能为力，不如现在就让他知道咱们俩的关系如何？"

"开什么玩笑！"奈美惠挣脱了邦宏的双臂。

"奈美惠，"隔壁房间传来了幸正的说话声，"还没找到吗？"

"找到了，我这就拿过去。"奈美惠抱起纸箱，背对着邦宏走出了房间。

幸正已经操作着轮椅来到了走廊上，一脸惊异的表情看着她。"发生什么事了吗？"

"没什么，是这些吧？"奈美惠让幸正看了看纸箱里的东西。

"就是这些，我们回去吧。"幸正把纸箱放到自己的膝上。

邦宏也从房间里走了出来，靠着墙说道："听说今晚你要把那些学生叫到家里来开派对？"

"谁告诉你的？"

"常上门推销的酒商告诉我的。以后这种事你最好跟我说一声。"

"跟你有什么关系？"

"大有关系。要是主屋那边太吵，会影响到我。"

"今天来的都是明事理的大人，和你不一样。"

"要是吵到我哪怕是一丁点儿，我就往你们屋里扔爆竹。"

"爆竹？跟个小孩似的。对了，你擅自把皮划艇停在池塘里，引来町内会①的不满，说是如果有小孩坐上去会很危险，你还是赶快收起来吧。如果你不愿收，我就让町内会的人自行处理了。"

"如果他们真这么做，应该知道会有什么后果吧？"邦宏气势汹汹地说道。

"不想被人没收玩具的话，就把它们都收拾好——咱们走吧，奈美惠。"

奈美惠把轮椅推出了玄关。前边有几级台阶，得花很大力气才能下去。坐在轮椅上的幸正应该更加吃力，但他没有半句怨言，只是现在才开始后悔，当初早点在别馆的入口处修一段供轮椅出入用的缓坡就好了。

别馆距主屋大约有二十米，以前这里覆盖着一片翠绿的草坪，如今已露出斑驳的泥土。幸正已经有很多年没有打理过了。

"不必在意那家伙。"幸正说道，"他再这样为非作歹下去，迟早有一天会遭天谴的。"

奈美惠默默地点了点头。身为科学家的幸正竟然会说出"天谴"这样的字眼，实在罕见。

"现在几点了？"

"嗯……"奈美惠掏出手机看了看，"刚过五点。"

"那也差不多该开始准备了。"

---

① 日本居住在各町的居民建立的地区自治组织。

"我打算回到主屋后就开始准备。不过就做些铁板烧合适吗？感觉有点敷衍了事。"

"没关系，那些家伙只要有肉和啤酒就心满意足了。"

"可您说的是他们还是学生时的事吧？如今他们都是年近四十的人了，估计大部分人已经变得挑剔起来了吧？"

"没事。有一个人确实挑剔，不过他并非真的有品位，只不过是喜欢强词夺理罢了。"

奈美惠知道幸正说的人是谁，嘻嘻地笑了起来。"您是说汤川老师吧？"

"那家伙连切个菜也要搬出一大套理论。"幸正轻轻晃动了一下肩膀。

"对了，汤川老师打过电话来，说可能会晚一点到。"

"晚点到？应该会来吧？"

"说是虽然会晚点，但一定会来的。还说他已经在车站附近的商务酒店订好了房间，今晚一定会陪您喝个一醉方休呢。"

"是吗？值得期待啊。他最近都没有发表过什么像样的论文，我要好好教训他一下。"

幸正的声音听起来似乎有些兴奋。奈美惠知道，学生越是有出息，幸正管得越严，这是他一直以来的教学方针。

2

友永幸正曾执教于帝都大学，担任助教。至于为什么没有当上教授，奈美惠并不清楚，但她听已故的母亲说起过，幸正的研究课题很传统、无人问津，很少会有学生拿去写毕业论文。

不过幸正很受学生爱戴。他向来助人为乐，即便对方是其他研究室的学生，他也会不吝赐教，有时甚至还会为了学生的就业问题四处奔走。所以直到现在，每年他都会收到许多学生寄来的贺卡。

今晚来的是幸正最得意的门生，他们在学校时分属不同的研究室，却极为投缘，甚至时常相邀畅饮。这么多年来，每隔几年就会在东京某处聚一次餐。今年幸正提议，让他们到自己家里来聚一聚。

"啊，这东西可真漂亮。您还能做出这么精美的东西来，哪儿还有什么问题啊！"安田双手把瓶中船举到眼前仔细观赏。这个中年男人身材已略有发福，脸也很宽。

"话虽如此，但问题在于时间。你知道做好它花了我多长时间吗？整整三个月，而且其间几乎一天都没停过。换作是我身体硬朗的时候，三天就能完成，而且还要做得更好些呢。"幸正的目光从围坐在铁板旁的三个学生脸上扫过。奈美惠能听出来他的声音比平时更加洪亮有力。

"老师一直都很手巧。"井村说道。今天来的其他人都穿着西装，唯独他穿的是便装。听说他现在经营着一家培训学校。

"就是就是，在元器件焊接方面，没有人比得上老师。"冈部也跟着说道，几杯酒下肚，他的脸已经有些泛红了。

"因为那个时候的助教都是给人打下手的。"幸正苦笑道，"你们最近有没有亲手制作过些什么？"

"没有。"几人纷纷摇头。

"顶多也就是组装一下买回来的货物架子。"安田摇了摇头。

"我制作的都是些文件，什么计划书啦成绩单啦之类的。"井村说道。

"我也什么都没做过，如今已经彻底和物理断绝缘分了。"冈部抱着胳膊说道。

"你当时学的是宇宙物理学吧？一毕业就全都用不上了。"安田嘲讽道，"而且你后来告别物理圈去了出版社工作，究竟是怎么回事？"

"我当时想创办科学杂志，可是没想到如今的世道早已远离理科，科学杂志也全都停刊了。别光顾着说我，你自己还不是进了体育用品制造领域。有没有用上你擅长的分子物理学？"

"怎么可能用得上，那些东西早在毕业的时候就忘得一干二净了。"

幸正眯起眼睛，看着三个学生谈笑风生。"就算忘记了学过的东西，那种经历也会令人一生受用无穷"，这是幸正时常挂在嘴边的一句话。或许他的学生也正是明白了这一点，才会当着他的面毫不拘束地侃侃而谈。

"到头来，没有把所学知识荒废了的人只有汤川一个啊。"

听了井村的话，另外两个人也点了点头。

"那家伙可是无所不精无所不通啊。"安田说道。

"甚至连速溶咖啡的历史都了解过。说是自己试着做过后发现还是买来喝比较合算。"

"说起来，汤川那家伙可真够迟的啊。"井村看了看表，"都已经八点多了。"

"哦，已经这么晚了啊。"幸正回应道，"我先离开一会儿，等汤川到了后再和大家一起痛饮。"

"您先好好休息一会儿吧，我们会放开喝的。"冈部说道。

"啤酒和威士忌都请自便，不过要量力而行。"

奈美惠推着轮椅来到走廊上。

"就到这里吧。那些家伙估计不好意思自己开冰箱拿酒。没事的，我自己能行。"说完，幸正操作着轮椅向走廊深处去了，那边有部家用电梯可以直达二楼，而且通往卧室的走廊也是无障碍设计。他已经接受过训练，能够自己从轮椅躺到床上。

看到幸正上了电梯后，奈美惠转身回到了起居室。

"康复治疗的情况如何？"安田问道，"记得上次来拜访时，看他独自行走还挺吃力的。"

其余两人也一脸认真地望着奈美惠，方才那种兴高采烈的气氛早已一扫而空。

"拄着拐杖的话倒也还能勉强站起来，不过不这样就无法行动了。"

"是吗？"井村叹了口气。

"还以为康复治疗能或多或少有些用呢。"

"不过我觉得他已经恢复过来了，毕竟还能制作出这么复杂的东西来。"安田看向瓶中船，"'金属魔术师'依旧健在啊。"

另外两人也点了点头。

"金属魔术师？"奈美惠问道。

"是老师在职时的绰号，来自他当时的研究内容。"

听过安田的解释，奈美惠也只能应一句"是吗"，因为她根本就不清楚幸正做的是哪方面的研究。

安田站起身来，推开阳台的玻璃窗，深深地吸了口气。

"不过话说回来，这地方真不错，青草芳香，感觉不像在东京。"

"就算打开窗户也不会吸到汽车尾气的感觉真是不错啊。"井村也说道。

"眼前就是池塘，真雅致。哎？"冈部似乎忽然发现了什么，他伸长脖子看了看，转向奈美惠问道："那栋建筑是什么？"

"是别馆。"奈美惠回答。

冈部有点惊讶地点了点头。"那边似乎亮着灯，有人住在里边吗？"

"是的，是父亲的长子……"

"老师的长子？那就是说……"

"喂！"井村一脸严肃地瞪了冈部一眼。

"啊，啊，是，是，我知道了。"冈部缩了缩脖子，离开窗边。

"我去给几位拿些啤酒来吧。"奈美惠起身走向厨房，只听井村等人斥责了冈部一句"傻瓜"。他们很清楚这个家情况复杂。

奈美惠从冰箱里拿出两瓶啤酒放在托盘上，回到了起居室。

"老师还在休息，我们几个人先来干一杯？奈美惠小姐也一起来吧。"

在安田的建议下，奈美惠也拿起了酒杯。冈部立刻往杯中倒上了酒。

"那么，我们几个就趁前助教友永和现助教汤川不在……不对，汤川现在已经是副教授了。先来干上一杯吧！干杯！"

就在几人随着安田说了声"干杯"，酒杯碰到一起的时候，窗外传来了一声破裂声。不知为何，这声音令奈美惠的心头划过一丝不安。

几个人面面相觑，不知发生了什么事。

"怎么回事？"冈部一个箭步冲上阳台，奈美惠紧随其后。

紧接着，别馆那边冒起了烟雾。

"起火了！"冈部说道，"快，快打电话！"

井村掏出手机，一脸严肃地贴近了耳旁。就在他正要开口时，别馆那边再次发出了响动。

烟雾越来越浓，接着有火焰升腾而起。

3

"那街区听都没听过。说是街区，但不是住宅区、办公区的那种区，完全就是郊区的区。真是的，这种时候总让人感觉东京真大，实在是太大了，弄得我们深更半夜还得跑到这种离市区一个多小时车程的地方去。看看，都快十二点了。"

副驾驶席上的草薙喋喋不休，看来他的心情很不好。难得今天能够早点下班，就在他打算去街上逛逛的时候电话响了，难怪他心里不痛快。不过放松之余被电话骚扰到的人并非只有他一个，内海薰本来也打算一边品尝红酒一边看 DVD 碟片的。

"没办法，这事不只纵火这么简单，还有他杀的嫌疑。"

"这我知道，所以才不能交给辖区警察局的人去办，而由更高级别部门出面解决。这没什么，但为什么是我们？不，你确实该去，谁让你是新人，但我可不一样。"

薰一肚子怨气，但还是忍住了心里那句"不光深更半夜被叫出来，被逼着开车，还因新人的身份被人小看"，没说出口。"光派新人去不太放心吧。"

"谁不放心？不就是间宫那老头子吗？那家伙打算听咱们汇报完情况后明天早上再慢悠悠地过去呢，真是气人！我还想着今晚终于可以悠闲地喝一杯了……"草薙伸了个懒腰，"对了，你刚才说什么？你怎么知道是纵火？"

"因为从烧毁的废墟中发现了尸体。"

"有可能是在火灾中被烧死的吧？"

"没那么简单。火灾现场发现的尸体是被人用利刃杀死的。听说因为火灭得及时，尸体的损毁程度不太严重。"

"是吗？那看来是一场蓄意谋杀了。"

薰的视线捕捉到了草薙垂头丧气的样子。

"糟了，要是把搜查本部设到这种地方，我们就不自由了，这乡下似乎连家咖啡馆都没有。"

草薙说得没错，越往前走路就越黑。光靠车前灯的光亮不能让人安心，薰把雾灯也打开了。

不久，前方骤然变得明亮了起来，光亮的来源是多辆停在那里的消防车。

不知是夜太深的缘故，还是附近住的人本来就没多少，火灾现场并没有看到凑热闹的人。

眼前只有房屋，没有围墙。左边聚集着一群人，消防员和警察正在用塑料布和警戒线包围住现场。

一名身材瘦小的男子跑了过来，听草薙自我介绍完后，他的举止稍显紧张。男子自称是辖区警察局的刑警，姓小井土。

"只有一名死者吗?"草薙问道。

"是的,尸体已经被送往警察局了,明天应该会进行尸检。"

"这样啊。"草薙扭头望了望薰。

"现场勘查取证结束了吗?"薰试着问道。

"还没有,今晚在集中全力灭火。周围太暗了,而且估计也不会下雨,消防员也说现场勘查取证要等到明天才能开始了。"

这样的判断很合理,但如此一来,他们俩深夜急匆匆赶来又是为了什么?

"被烧毁的住房是谁的家?"草薙问道。

小井土立正站好后,掏出了笔记本。"是一户姓友永的人家。据说被烧毁的是他家的别馆。"

"别馆?那就是说——"草薙抬头望了望右侧的大房子,"这边是主屋?"

"是的。"小井土点了点头。

据说被害人名叫友永邦宏,独自一人住在别馆。

"主屋里都有谁?"

"呃……"小井土看了看记事本,"是被害人的父亲和……呃,这算是什么关系呢?说是女儿似乎也不太对。"

"什么意思?"草薙问道。

"人物关系有点复杂。被害人的父亲有一个名义上的女儿和他同住,今晚还来了三个被害人父亲的学生,不对,应该是四个。他们似乎是来聚会的。"

听到"学生"这个词,薰心想,被害人的父亲或许是位教师。

"他们现在还在主屋里吗?"草薙问道。

"不，学生中有三人已经回去了，说是明天一大早还得上班，今晚无论如何得赶末班车回家去。"

"其他人呢？"

"都还在。"

"可以找他们问问情况吗？"

"应该没问题。"

"那我们就去找他们问一下情况。麻烦你带一下路吧。"

"好的，请走这边。"

在小井土的带领下，薰和草薙向主屋走去。

主屋的玄关前挂着一块写有"友永"二字的牌子。虽是木结构日式房屋，大门却是西式的。小井土按下了门旁的呼叫器门铃，和屋里的人说了两句。

没过多久，房门便被打开了。一个二十五六岁、一头长发扎在脑后、身材高挑的女子出现在三人面前。

小井土向她介绍了一下草薙和薰。

"能向他们复述一遍您刚才说的那些情况吗？"

"没问题，请几位先进屋里来吧。"这个女子一脸严肃地看了薰和草薙一眼。

草薙说了句"多有打扰"便开始脱鞋，薰也跟着照做。小井土则因有事要和消防员商量，并没有进屋，直接离开了。

往屋内走时，草薙向这个女子请教了姓名。她停下脚步，自称名叫新藤奈美惠。当她拨起垂下的刘海时，左手上的戒指闪烁着光芒。

"我是母亲带过来的，她在十年前就过世了。"

"这样啊，但您的姓氏似乎和您父亲不同。"草薙说道。

"母亲和我是在二十三年前来到这个家的，父亲和母亲一直没有结婚，所以我和母亲一直姓新藤。不过母亲生前对外自称姓友永。"

"接下来的问题可能有失妥当，您父亲和母亲为什么一直没有登记结婚呢？"

听到草薙的问题，奈美惠微微一笑，来回看了看草薙和薰。"原因很简单，他们不能登记，父亲的户籍上已有一个妻子。"

"啊……这样啊。"说着，草薙挺直脊背，点了点头，"我知道了，请您继续带路吧。"

"好的，请走这边。"奈美惠再次迈开脚步。

草薙似乎从奈美惠的话里发现了些什么，他悄悄地瞟了一眼薰。薰也有同样的感觉，一言不发地冲他轻轻点了点头。

一家之主友永幸正一脸沉痛地坐在轮椅上，在一间约有二十叠大的起居室里等着草薙和薰。

"深夜打搅，十分抱歉。"草薙低头行了一礼，"您应该已经跟本地警察和消防员说过了，但我们还想听您复述一下当时的情况。请先从当时目击到的情况说起吧。"

"啊，这个嘛，其实我当时并没有目击到起火的一瞬间。"友永说道。

"当时父亲有点疲倦，起火时正在卧室里休息。"奈美惠在一旁补充道。

"就在我昏昏欲睡的时候，周围一下子变得嘈杂了起来，于是我看了看窗外，只见别馆那边着起火来了。"

"当时您在哪里呢？"草薙向奈美惠问道。

"当时我和几位客人在这里，听到窗外突然传来了响声。"

"响声？什么响声？"

"应该是玻璃碎裂的声音吧，其他几位客人也是这么说的。"

"当时大概是几点呢？"

"记得应该八点多了。"

"真是不懂你们现在询问案发时间有什么意义。"身后忽然传来了说话声，这个声音薰听过。

转头一看，正是他们熟悉的人，只不过今晚他穿了一套平日很少会穿的西服。

"汤川老师。"薰低声说道。

"汤川，你怎么会在这儿？"草薙略显狼狈地来回望了望汤川和友永。

"你们认识？"友永向汤川问道。

"这个人也是帝都大学的，不过他是社会学系的，当时我和他都参加了羽毛球社。"说着，汤川在友永身旁坐了下来。

"是吗？真够巧的。看来这位先生并不知道汤川也来了这里。"

"不知道，完全是出于巧合。"草薙不大情愿地看了看汤川的脸。

"每次出现这样的巧合时，我就会习惯性地怀疑其中是否潜藏着什么必然。唯独这一次似乎没有怀疑的必要。"汤川将目光从草薙移到了薰的脸上，轻轻地点了下头，薰也向他点头致意。

"那么友永先生您应该也是大学老师吧？"

友永点了点头。"曾经是，我以前是帝都大学理工学院的助教。"之后他又补充了一句，"而且是万年助教。"

"原来是这么一回事啊。"草薙恍然大悟地说道，他看了汤川一眼，"刚才你说询问案发时间没有意义是什么意思？"

汤川耸了耸肩。"因为这些情况早就记录在案了。当时我的几位朋友目击到了火灾发生的一瞬间，随即报了警。因此如果你去查找消防队和警方的记录，不会得到'八点多'这种模糊的答案，而是会更精确。我提前了解了朋友手机上的通话记录，时间显示是八点十三分。"

"我知道了，会参考你的说法。"草薙不大乐意地说道。

薫把八点十三分这一案发时间记到了记事本上。

"你当时没有看到吧？"草薙说道。

"我到这里的时候大火刚刚被扑灭，之前暂时去安全地带避难的友永老师一行人也回到了这里。当时我的几位朋友还在，我就向他们询问了一下详细情况。所以——"汤川跷起了二郎腿，抬头望着草薙和薫，"今晚的事你们就来问我好了，偶尔接受一下询问的感觉也不错。"

4

汤川确实从朋友那里打听到了许多详细情况，多亏如此，薫和草薙也大致掌握了那天晚上发生的事。但草薙还想了解一些火灾以外的细节。

"去世的是您的儿子吧，他生前做的是什么工作？"

听到这问题，友永不禁皱起眉摇了摇头。"那家伙什么工作都没做，整天游手好闲，都快三十岁的人了……说来真是令人惭愧。"

没想到一个父亲会对刚死去的儿子有如此评价，这令薫不禁停止记录，看了看友永那张满是皱纹的脸。

草薙也一样，一脸吃惊的表情。看到两人的模样，友永继续说道："嗯，想必你们有些意外吧，我这个做父亲的竟然会说出这种话来。"

"莫非其中有隐情？"

友永看了奈美惠一眼，随即注视着草薙。奈美惠在稍远的座位上低着头。

"反正你们迟早都会调查到的，我还是现在说了吧。我这女儿的母亲十年前过世了，不过她母亲并非我的合法妻子。"

"这件事我们已经有所耳闻，老师您似乎有妻室。"

友永点了点头。"已经是三十年前的事了，当时经人介绍，我和一个女子相亲结婚，婚后不久就有了孩子，但我和妻子两人的性格实在不合，最后我们分居了，不过一直没有办理正式的离婚手续。几年以后，我和这个孩子的母亲相遇了。她叫 Ikue，'抚育'的'育'，'江户'的'江'，姓新藤。"

"您儿子跟着他母亲生活吗？"

"是的，我们分居时他刚一岁。"

"您没有想过和妻子离婚，再和新藤育江女士结婚吗？"

"当然想过，可我妻子一直不肯答应，毕竟她带着孩子，大概想从我这里拿生活费吧。而育江当时也说不登记也没关系，这事就一直拖着没办。"

听过友永的讲述，薰认为不无可能。

"原来是这么回事，那后来为什么只有您儿子一个人搬回来住了呢？"草薙问道。

"两年前我的妻子死了，没过多久那家伙就跑到了这里，说他没有地方住，让我给他想办法。一个男人居然能满不在乎地说出那种话……"

"所以您就让他在别馆住下了？"

友永点点头，叹了口气。"虽说已经有近三十年没见了，但儿子毕竟是儿子。幸好我这里有栋别馆，就让他住下了。只不过当时我附加了一个条件，他只能住一年，要在一年内尽快找份工作，自己另外想办法找住的地方。"

"后来一年期满了吧？"

"期限早就过了，那家伙非但不离开，甚至连工作都不想去找一份。嘴上说找不到适合自己的工作，其实他压根儿就不想去找。估计他以为只要一直赖在这里，就一辈子都吃穿不愁了吧。真蠢，他又不是不知道我这个做父亲的早就已经退休了。"

听着他的诉说，薰开始明白友永并不为儿子的死感到悲伤的缘故了。简而言之，友永邦宏虽然是他的亲生儿子，对这个家而言却是个瘟神。

汤川低头静静地聆听着，从他没有丝毫惊讶的表情来看，估计他早就知道这些了。

"情况我们大致了解了，感谢您毫不隐瞒地将实情告诉了我们。"草薙低头行了一礼。

"这些丑事本不想告诉别人，但你们一查便知，所以我就直说了。住在附近的人也都很清楚，因为他们都是些和我们家打了多年交道的熟人了。"

"您在这里住了多少年了？"

"我也记不清了。"友永歪着头回忆道，"毕竟从我祖父那一辈就在这里住下了。而那栋别馆原本也是我父亲为我建的屋子，邦宏来之前，那里一直是供我读书和娱乐的地方。"

这户人家的房屋洋溢着古典日本风情，同时不乏西式构造布局，大概就是各个时期房屋主人的审美不同所致。

"还请您允许我问一个较为敏感的问题。"草薙说道，"您可能已经知道了，今晚的事情并非只是简单的失火，很可能是有人蓄意而为，而您儿子也极有可能是被人谋杀的。"

"我已经听说了。"友永回答道。

"对此您有什么线索吗？从对方使用了凶器这一点来看，其目的并非只是纵火，而是要置您儿子于死地，这一点显而易见。"

友永两手交叠放在手杖上，歪着头说道："刚才我提到那家伙整天游手好闲，但其实我并不清楚他每天都具体在做些什么，而他来这里之前的事我就更一无所知了。不过想来那家伙也就是整日自甘堕落，或许招惹到了什么人。"

"那么，您也没有什么头绪？"

"说来惭愧，那家伙虽然是我的亲生儿子，但我也不大清楚。"

"您最后一次见到您儿子是在什么时候呢？"

"今天白天，当时我过去拿这些瓶中船。"友永指了指那些放在一旁架子上的得意作品。

"您是一个人去的吗？"

"不，当然是这孩子陪我一起去的。"

"当时您是否和您儿子谈过些什么呢？"

"我们交谈过几句，不过都是些无关紧要的事，而且他当时也主动避开了我。"

"您当时是否察觉到了些什么？比如他看起来是否不大对劲，或是正在和别人通电话之类的。"

"似乎也没有。"

草薙扭头看了看奈美惠。

"那您呢？"

"我也没察觉到……"奈美惠小声地答道。

草薙点了点头，之后扭头看着薰，似乎在问还有什么需要补充的。

"恕我冒昧，您是从什么时候变成这样的？"薰望着友永的轮椅问道。

"您是说这个吗？是几年前的事来着……"友永望了奈美惠一眼。

"是从六年前的年底开始的。"奈美惠回答道，"当时爸爸忽然倒在了浴缸里……"

"是因为脑梗塞，估计是年轻时喝了太多酒，此外吸烟也是原因之一。在这一点上，我倒是应该向你学习啊。"友永冲着身旁的汤川淡淡一笑。

"您平日行走也很不便吧？"薰接着问道。

"拄着手杖倒也能勉强站起来，不过要走就只能走两三步了。"

"那您的手呢？"

"左手有轻微麻痹，不过接受康复治疗后变得灵活多了。"友永动了动左手的指头。

"您平日外出吗？"

"不，我几乎不外出，最近这一年都没有离开过宅子。我出不去不要紧，倒是这孩子，因为要照顾我，她都没有办法好好出去旅游放松一下。我也和她说过不用在意我，想让她去外边走走……"

"这么说来，奈美惠小姐一直都在家里吗？"

"在我突然摔倒前，她在出版社工作。可后来我变成现在这个样子，她便不得不辞掉工作。我一直觉得有愧于她……"

"我不是跟您说过，别再这么说了吗？"奈美惠皱了皱眉，转头对薰说道，"后来我做一些翻译任务，所以并不是什么工作都没做，而且这些工作在家就能完成。比起上班，还是这样的工作更适合我。"

听起来就像是在说她对现在的生活并没有什么不满。

"差不多了吧？"草薙小声地对薰说道。

"抱歉，我还有最后一个问题。"她竖起食指，"奈美惠小姐的母亲十年前就过世了，后来您没有考虑过把奈美惠小姐收为养女吗？"

"想过，但我却无法做到。"

"为什么呢？"

"很简单，要把她收为养女，必须得到配偶的许可，但我妻子是不会答应的。"

"可您妻子也已经过世——"

"内海，"汤川突然插嘴道，"各家都有本难念的经，如果不是调查需要，我觉得还是不要追根究底比较好。"

"啊……对不起。"薰缩了缩脖子，低下了头。

友永和奈美惠两人一脸不快地没有再说话。

离开友永家后，薰驾驶帕杰罗和草薙踏上了归途。汤川则说他还要再陪友永坐一会儿，他似乎已经在车站附近的商务酒店预订了房间。

草薙在电话里向间宫汇报了今晚打听到的情况，挂断电话后，他不禁叹了口气。

"明早先到总部去一趟，再来这里集合。说是要等尸检结果出来后才能确定调查方向，还说到时候消防和鉴定科的人也会和我们一起进行现场勘查取证。"

"总而言之，首先还是要调查被害人生前的人际关系吧？"

"是啊。从被害人父亲刚才说的来看，估计此事还另有隐情，有调查的价值。"

"对了，您对刚才那件事有什么看法？"

"刚才的什么事？"

"就是友永先生并没有把奈美惠小姐收为养女的事。或许确实无关紧要，但很少见汤川老师那般严厉的样子。"

"哦，你说那件事啊。我倒是能理解。"

"怎么说？"

"你想想，再怎么说友永先生和奈美惠小姐都是毫无血缘关系的。奈美惠小姐的母亲已经死了十年之久，每天都生活在同一个屋檐之下的男女或许会情愫暗生也说不定。"

"您的意思是说，他们两人之间是男女关系？"

"我是这么认为的。既然不愿收为养女，或许是在考虑结婚吧。汤川应该也察觉到了，所以才会那么说。虽说在我们看来，一个轮椅上的老人和一个二十多岁的女子实在不大般配，但男女之间的事，我们这些局外人是不会明白的。"

前方亮起了红灯，薰踩下刹车停稳车子，歪着头说道："我觉得并非如此。"

"为什么？"

"奈美惠小姐应该有恋人。"

"恋人？你怎么知道？"

"因为她左手中指上戴着戒指。"

"有吗？"

"是蒂凡尼的新款，估计是她男朋友最近才送的。"

"那你有证据表明那个男朋友并非友永先生吗？"

"友永先生最近一年里都没出过门。"

草薙不禁"啊"了一声。薰看到交通信号灯已经变绿，从刹车踏板上挪开了脚。

"或许是她自己买的呢？"

薰两眼望着前方，摇了摇头。"不会有女人自己买那款戒指，因为那款戒指就是为了让男人买下送给女人而专门设计的。"

"哦，这样啊。女人对事物的观察真细致入微啊。"草薙用夹杂着钦佩和揶揄的口吻说道。

"不可以吗？"

"没有，这对干刑警这行而言是个不错的长处。不过要是男人和你这样的女人结婚可就惨了，稍有花心就会被看穿。"

"您是在夸我吗？不胜感激。"

"不用客气。"

道路前方出现了高速公路的标牌。

5

奈美惠打开起居室的壁橱，拿出干邑白兰地。

"真的只能喝一点点。"

"嗯，我知道。"幸正点了点头，"今晚例外，汤川难得来一趟，怎么能连杯酒都没有呢？"

"老师，您就不必在意我了。"坐在对面的汤川轻轻地摆了摆手。

"是我自己想喝，拿你当幌子。或许会给你添麻烦，但你就多少陪我喝点儿吧。反正现在这个样子，今晚是睡不着了。"

"我当然没有关系。"

奈美惠在两人的面前放上酒杯，倒入干邑白兰地。空气中飘荡着一股浓郁的酒香。

"今晚没有办法为了重逢而干杯了。"幸正微笑着舔了舔白兰地，"感觉舌头都麻了，不过果然是美味啊。"

奈美惠也在椅子上坐下，把茶壶里的红茶倒到了杯子里。

"我都不知道您儿子已经回来了。"汤川说道。

"我也没有感觉，想来那家伙也一样，我们就像陌生人一样。尽管有血缘关系，但如果心灵上无法沟通的话，就算不上是一家人。你不觉得吗？"

"具体情况我也不大了解。"

"你这人一向独善其身，对别人的事不关心。"幸正轻轻晃了晃肩膀，转头看着奈美惠，"安田和井村也都挺不错，但他们俩都比不上这个汤川。他以前被人称为天才，不，现在依然是。"

"您就放过我吧。"

"但他却不喜欢别人那么叫他。奈美惠，你觉得一个优秀的研究者必备的素质是什么？"

奈美惠稍稍考虑了一下，回答道："是认真吗？"

"这一点或许也很重要，但光有认真的劲头是远远不够的，有时一时的糊涂也会带来重大的发现。身为研究者，必不可少的素质是纯粹，是那种不为任何事物所影响、不被任何色彩所沾染的纯白之心。说起来简单，真正做起来却非常困难。其原因就在于，研究这种工作其实就像是在堆积石块，努力的研究者自然会希望向着自己的目标不断向上堆积。他们的心中自然有着自信，坚信自己的目标并没有错，但有时这也是致命的。刚开始时放的石块位置是否正确，不，首先他放的究竟是不是石块——一旦心中产生了这样的怀疑，就很难再把自己堆起来的石块全都推翻，因为会被之前取得的成绩所束缚。想要保持一颗纯粹的心是很困难的。"幸正轻轻地晃动了一下紧握的左手。

奈美惠已经很久没有看到幸正如此语重心长了。看起来他应该还没喝醉，或许是邦宏的死令他有些激动吧。

"而汤川却是一个无论前期付出过多少，只要心中稍有疑惑，就能立刻把堆积起的石块全部推翻的人。我还记得你那时对磁单极的研究。"

"那件事啊。"汤川苦笑了一下，喝了一口酒。

"磁铁不是有 S 极和 N 极吗？"幸正望着奈美惠开始说道，"S极和 N 极互成一对，再小的磁铁都不可能只有 S 极或者只有 N 极，但在基本粒子的层面上是否可行呢——尽管目前还没有发现，但人们把这种假想中的物质命名为磁单极。汤川在念研究生的时候曾经对磁单极有着极为浓厚的兴趣，为了设法证明它的存在，他反复试验。因为他的方法极富独创性，甚至吸引了教授们的关注。"

"但当时那些教授没有一个人认为我会成功。他们觉得区区一个研究生，怎么可能解决全世界科学家都无法完成的课题。"

"说实话，我当时也觉得不大可能。"

"老师们的预想果然成了现实。"汤川望着奈美惠苦笑了一下，"当时我花了一年多的时间构筑起来的理论，却在根基上犯了一个极大的错误，而那篇论文最终也就成了一堆废纸。"

"正是汤川你当时的果断令我钦佩不已。换作其他人，或许会否认自己的错误，最后陷入僵局，我也认识不少因此而耗时耗力、最后一事无成的研究者。但你却不同，你果断地抛却了探索磁单极的梦想，转而把实验中获得的经验运用到了完全不同的领域中去，开始展开了将铁磁性物质高度磁化的新方法的思考。当时我大吃一惊，没想到一个搞量子力学的人，竟会突然向磁记录技术发起了挑战。"

"不过是歪打正着罢了。老实说，当时我也有些自暴自弃了。"

"你取的名字也极为独特——'磁界齿轮'。说实话，把专利拿到手时，你一定觉得要变成有钱人了吧？"

"不，还真没想过……"

"不可能吧，毕竟当时美国企业可是蜂拥而至向你咨询啊。"幸正睁大眼睛，扭头望着奈美惠。

奈美惠惊异地"哎"了一声，两眼望着汤川。

"可最后却没能和任何一家公司签约，因为那是种在很苛刻的条件限制之下才能实现的技术。"

"真是太可惜了，不过对日本物理学界而言却是一件好事。如果你当时发了笔大财后便从研究领域消失了的话，日本就会失去一个宝贵人才。"

"我不行的，研究了多年却也没出什么成果，到头来只是在空耗岁月而已。"

"你现在还没到该气馁的年纪。说起来你好像还是一个人吧，就没考虑过结婚吗？"

听到幸正的话，奈美惠不禁吃惊地眨了眨眼。她一直以为汤川早就结婚了。

"凡事都讲缘分，但我的缘分似乎已经从上游被堵住了。"

"你是觉得单身更轻松吧？"幸正微笑着喝了一口白兰地，之后又恢复了一脸严肃的表情，"不过，结婚前慎重考虑绝不是一件坏事。我现在时常会想，要是我结婚那时能慎重些就好了。我当时满脑子里都是研究，对结婚和家庭之类的根本毫无兴趣，不过是在一个恩人的介绍下去相亲的，而最后决定结婚也不过是因为没有推托的理由罢了。然而人生大事不能这么随便决定。虽然我妻子抱着孩子离开家让我很恨她，但现在回头想想，我也有不对的地方。本该好好和她谈谈的，我却死要面子不肯低头。就在那时，美国麻省那边的人找到我，让我过去和他们共同研究项目，于是我没和妻子说一声便远渡重洋去了美国。等我过去后，原本两年的计划又延长到了三年。其间我一次都没和妻子联系过，也难怪她会怀恨在心。"

幸正一口喝干，放下杯子，又把手伸向了酒瓶。

"爸爸。"

"您还是别喝了。"汤川说道。

"只此一次，下不为例。"

听到幸正这样说，奈美惠也不好再强加劝阻，只得拿起酒瓶给幸正又倒了些。

"再来些吧。"

"不行，只能喝这么多了。"奈美惠盖上了瓶盖。

就在这时，放在厨房里的手机响了起来。这么晚了还会打她电话的人，说来也就只有一个了。

"快去接吧，应该是他。"幸正说道。

"那我就失陪了。汤川先生，麻烦您帮我看着父亲，别让他再加酒了。"

听到汤川答应后，奈美惠走进了厨房。接起来一听，果然是绀野宗介打来的。

"抱歉，我刚到家。听母亲说，你那边出了点状况？"

绀野家也在同一片街区，他们两人小学和初中都是在同一所学校读的，不过因为年龄差距，没有同时就读。

"是啊，真吃不消。"

"听说烧毁的是别馆，住在那里的人也死了吧……"绀野发音变得含糊不清起来，似乎正强忍着内心的感情。

"嗯，那个人死了。"奈美惠也在极力压抑着内心的感情。

绀野说了句"是吗"，之后就不吭声了，奈美惠也闭口不言。两人此刻心中的想法一致，但都没有说出口来。

"你怎么样，没受伤吧？"绀野终于开口问道。

"我没事。主屋这边并没有受损，爸爸也还好。"

"那就好。不过这事是有人故意纵火引起的吧？你们就这样留在那边不会有事吗？或许凶手还在附近。"

"不必担心，今晚警方的人似乎会在外边警戒，而且家里还有父亲以前的一位学生。"

"那就好。对了，怎么会发生这种事？幸好烧毁的是别馆，如果凶手当时是冲着主屋，光是想想就让人不寒而栗啊。”

“是啊，不过其实没必要为这事担心。”

“为什么？”

“凶手似乎是冲着那人来的。”

“是吗？难道凶手不是碰巧在别馆放的火吗？”

“好像不是，详细情况下次见面再详谈吧。”奈美惠觉得现在在电话里详谈这件事似乎不太妥当。

“也是，今晚你们就早点休息吧。下次什么时候见？”

“现在还不大清楚，明天我给你发短信。”

“好的。那我就挂电话了，晚安。”

道过晚安后，奈美惠也挂断了电话。回到起居室，只见汤川正在观赏那些瓶中船。

“他也准备回酒店了。出租车十分钟后就到。”幸正说道。

“让您陪我们到这么晚，实在抱歉。”奈美惠向汤川低了低头。

“没有，我也度过了一段宝贵的时光。估计两位明天会有许多事要忙，请多保重。”

“谢谢。”

“今晚过来的草薙和内海那两位刑警都是可以信任的人，如果你们有什么麻烦可以找他们帮忙。如果没法联系上他们就和我说。”

“我们会的。让您替我们操这么多心，实在是过意不去。”奈美惠再次低了低头。

汤川把手上的瓶中船放回原处。“这东西可真是精美啊，看来您的手指也已经恢复得像原先那样灵活了。”

“不，大不如前了，不过能做出这东西也挺令人开心的。对了，这个也是我自己做的。"幸正把手杖递给汤川。

"这个吗？"汤川接过来看了看。

"你试着转动一下把手。"

"这样吗？"汤川转动了一下把手，随即似乎感觉到了什么，握住把手往回一拉，将把手拉开了约三十厘米。

"这是我用坏掉的折叠伞的伞骨做的。"幸正说道，"是懒人杖。每次我想把距离稍远的东西拖过来的时候，就会用这手杖，如果还是够不到的话，就这样把它拉长。"

"原来如此。"汤川将把手塞回原位，就在这时，他似乎察觉到了什么。"哎？这个开关是……"

他打开开关，只见旁边的墙上呈现出一个红色箭头。原来它同时还是一支激光笔。

"您装这东西做什么啊？"汤川问道。

"当然是让它发挥激光笔本来的用途，比如说这样。"幸正接过手杖按下开关，红色的箭头出现在了起居室壁橱上的箱子上，"汤川，麻烦你帮我把那只箱子拿过来行吗？腿脚不方便的话，就得用这种偷懒道具了。"

汤川点了点头，冲着奈美惠笑了笑。"看这样子，老师能长命百岁呢。"

"的确。"奈美惠也冲着他点了点头。

不一会儿出租车到了，幸正目送汤川坐车离开。在奈美惠看来，幸正的背影透出几分寂寞与凄凉。

6

沿着友永家门前的道路走一百米左右，有一户姓柏原的人家。居住在那里的人六十五岁，名叫良子，是一名家庭主妇，她对友永家的情况了如指掌。两家人似乎相交甚久。

"那么，友永先生一开始并没有把儿子回来的消息告诉邻居？"薰翻开记事本问道。

此时的薰坐在屋檐下的走廊上。来的时候良子正在晾晒衣服，于是便让薰坐在了那里，还拿出满满一篮橘子招待她。昨晚的事似乎已经在周围传开，良子貌似也做好了迎接警察上门询问的准备。她说她昨晚出门为亲戚通宵守灵，回来的时候消防员都已经撤走了。

"大概他不想对别人说起吧，毕竟儿子那么不争气，而且自从儿子小时候离开家，他就一次都没见过，所以估计向人介绍时也很尴尬。不过他还是让儿子在别馆住下了，毕竟是亲生儿子，到底还是血浓于水啊。"

"柏原太太您是怎么知道这件事的？"

"是奈美惠告诉我的，不过在那之前我就隐约察觉到了。这地方挺小的，哪家有个风吹草动，周围的人马上就会知道。突然有个穿着古怪的人四处乱晃，谁都会觉得奇怪吧？何况那家伙还时常带一些狐朋狗友回来，吵得人大半夜不得安宁。不是噼里啪啦地放爆竹，就是任性地在池塘里划船，成天给人找麻烦。后来友永先生看这事估计也瞒不住了，就决定和一些关系还行的邻居说一下。但友永先生身体不太好，所以到头来四处登门谢罪的人就成了奈美惠。那孩子才是最可怜的啊！说来也真是没天理，因为她母亲生前没能嫁到友永家，所以等友永先生过世后，她连一分钱遗产都拿不到。真可怜，她一直不计回报地照料着友永先生……"良子如同是在发泄心头的怨气般猛说了一气。

"邦宏先生生前是否和邻居们有过什么纠纷呢？"

"那可是家常便饭。就像我刚才和您说的，那家伙极度自私任性。不过我们平日倒也会多加注意，尽量不去招惹他，因为自从他在友永家住下来后，就开始有些不三不四的人进进出出了。"

"不三不四的人？"

明明没有其他人在，良子还是用一只手捂着嘴说道："是来讨债的人。听说他家不成器的儿子来的时候不但身无分文，还在外头欠了一屁股债呢。"

这事昨晚友永倒是没在他们面前提过。薰心想，或许是因为难以启齿吧。

"他跟什么人借的钱？"

"这就不清楚了，不过看起来不像是从正道借来的，毕竟来讨债的都是些不三不四的人。对了，请问昨晚的那场火灾应该不是普通的失火吧？听说警察今天在附近见人就问有没有看到手持利刃的人出没过呢。"

"啊，这个嘛，我也不大清楚。"

薰起身告辞。盛情难却，她收下了两个橘子。又走访了几户人家后，薰回到了辖区警察局。间宫和草薙都在会议室里，只见草薙正在梳理友永邦宏生前的人际关系。

"简而言之就是一个混蛋。"草薙说道，"听说友永邦宏的母亲和代与友永先生分居后就回到娘家的税务师事务所帮忙了。可是在她的税务师父亲突发疾病去世后，一家人就失去了经济来源。从这一点来看，她不同意与友永先生离婚似乎倒也有些道理。友永先生一直都按时支付着生活费，所以友永邦宏并没过过什么苦日子，并且顺利从高中毕业。他尝试过许多工作，但都没坚持几天，还沾染上了赌博的恶习，而且开始出入风月场所。内海打听来的那些有关欠债的情况似乎就是和赌博有关的，而友永邦宏的名字也早就被银行列入黑名单了。不过听那些和他交往的狐朋狗友说，似乎在他住进了别馆后，以前欠下的债就全都被还清了。看来其实是友永先生帮他还的债。"

"是这样啊……"

薰心里有些不是滋味。她现在非但能够理解草薙直呼被害人姓名的心情，也明白了友永幸正显得对儿子漠不关心的原因。

"至于借款的具体金额，目前岸谷正在调查。据我猜测，友永邦宏欠的债远远不止一两百万，至少得是这个数的十倍。纯粹就是一个混蛋。"

"不管他是不是混蛋，我们都必须把杀他的凶手找出来。"间宫一边剥着橘子皮一边说道，"好了，接下来该从哪里着手呢？"

"目前还没有发现凶器吗？"

听到薰的询问，间宫一脸苦涩地说道："辖区警察局的人已经展开了大范围的调查，但目前依旧毫无收获。估计凶器已被凶手带走的可能性较大。"

"日本刀如果丢下不管，一下子就会露出破绽啊。"草薙说道。

"凶器是日本刀吗？"

"类似的东西。"

"不，倒也未必就一定是日本刀。"间宫往嘴里塞了一瓣橘子，接着说道，"被害人从背部到胸口被利刃刺穿，伤痕宽约五毫米，长约三厘米，和日本刀造成的伤痕大体相仿，而且是被人用相当大的力气一下刺穿的。负责尸检的医生说，如果被害人确实是被日本刀刺死，那么持刀之人一定是个身手不凡的剑客。除此之外，被害人身上就没有其他外伤了。尸体的肺部并没有吸入烟雾，可见凶手是在将其杀死后才放的火。"

"就算不是日本刀，既然能将人的身体刺穿，估计也是极长的凶器。"

"至少也有三十厘米长。"草薙说道，"而且当时凶器上也一定沾着不少血，凶手肯定无法带着它四处走动。何况凶手身上或许还溅有死者的血，如果不驾车可无法逃走。假如在凶手放火后立刻拉起警戒线，或许早就已经抓住他了。"

"别瞎说了，我们可是在发现了尸体后才知道这是起杀人案。"或许怕被周围的警员听到，间宫压低嗓门说道，"草薙你继续调查被害人生前的交友情况，查明他是否和人有过金钱纠纷。内海你去友永家一趟，找友永先生打听一下有关那些欠款的情况。"

"是。"草薙和薰二人齐声答道。

7

"正如您所说，我确实曾经替那家伙还过债。"幸正平静地回答道。

他努力显得有精神些，但在奈美惠的眼中，他是那般憔悴。

"邦宏先生当时是从什么地方借的钱呢？"内海薰问道。

"从各种地方。既有大型消费金融公司，也有乱七八糟的贷款公司。过会儿我让您看一下对方当时开的收据。"

"那就有劳您了。请问他总共借了多少钱呢？"

"全部加到一起的话，大概超过五千万了。"

内海薰睁大了眼睛，之后又连忙把数目记录了下来。

奈美惠在二人身旁听着他们的谈话，回想起了当时的情景……

当时上门来讨债的那些男人还算客气，但与"妥协""温情"之类的字眼扯不上半点关系。那些人得知邦宏找上了幸正这棵摇钱树后都蠢蠢欲动起来，虽然没有直接威胁，但绵里藏针、步步紧逼，最终把幸正逼上了绝境。邦宏非但不理解父亲的难处，反而比讨债人更为残忍，反复催促幸正。

你觉得是谁造成了这一切——这句话就是邦宏的口头禅。

因为有自私的父母，自己才会落到今天这个地步。如果换作是个寻常的父亲，就应该不只是给钱，还会竭尽心力抚养孩子。当时幸正没尽这份心，此时如果再不付出相应的代价也就说不过去了。而且自己也没能上成大学，如果当时能够接受良好的教育，或许就可以去念大学了。因此，邦宏觉得自己有权讨还幸正没有给他的教育经费和如果他念大学所需要花费的钱——也亏他能够想出这些牵强的理由来。邦宏的胃口越来越大，要的钱越来越多，连前来讨债的人都在一旁苦笑不已。

申请破产怎么样？奈美惠这样想过，但没有勇气把这句话说出口。再怎么说她都是个外人，更何况她早已经看穿了幸正此时的心理。

其实幸正一直觉得有愧于邦宏，而他并不反驳邦宏的歪理，也正是觉得邦宏堕落至此的根源其实还是在他。奈美惠明白他的想法。

最后，幸正变卖掉了友永家的部分土地，替邦宏偿还了欠款。虽然奈美惠并不清楚友永家究竟有多少财产，但她也能看出这个家其实算不上特别富裕。

接着内海薰又询问了有关欠款纠纷的情况，和邦宏是否曾与附近的居民有过口角之类的事。看来警方已经掌握了一些有关邦宏的情况。

"对了，请问邦宏先生身边是否有人持有日本刀呢？"内海薰问道。

"日本刀？"

"或者是有那种很长利刃的人。请问您以前是否听说过谁持有类似的东西吗？"

"不清楚啊。"幸正歪着头说道，"我想不起来了。难道我儿子是被人用日本刀杀的吗？"

"目前还不能确定凶器是否是日本刀，只知道凶器很长。如果您实在想不起来也没关系。"

随后薰又问了几个问题，在拿到借款收据的复印件后便离开了。

"看样子他们还会再来。"

就在幸正为此叹息之时，门铃响了。奈美惠拿起门铃呼叫器的听筒，原来来访者是绀野宗介。

"我因为工作上的事到了这附近，顺道过来看看你们。"麦克风里传来绀野的声音。

幸正说了句"让他进来坐坐吧"，于是奈美惠把绀野带进了起居室。幸正不想打扰他们，回自己房间了，他早就知道两人正在交往的事了。

"我已经到别馆那边去看过了，简直是一片狼藉啊。"宗介长着一张孩子脸，一睁大眼睛就越发显得年轻了。

"几乎全都烧毁了，估计收拾干净也得花上一大笔钱啊。"

"暂且放着不管也没什么大不了的吧？"

"这可不行。"

奈美惠给宗介倒了杯红茶，宗介向她道了声谢。

宗介在一家汽车公司的销售部门工作，他和父母一起生活，父亲一直卧病在床，由母亲照料。

"听说是被人用利刃捅了一刀啊。"宗介喝了一口红茶，"怪不得你昨天说凶手是冲着那家伙来的。"

"嗯。"奈美惠点了点头。

"虽然不该这么说，但我实在是忍不住，其实我很赞同凶手的做法，真想亲口向凶手表示谢意，感谢他为民除害。"

"宗，这可不行。"

"我知道，我也就只是在这里说说罢了。"宗介舔了舔嘴唇，"不过话说回来，其实你心里也是这么想的吧？"

奈美惠闭口不言，这一举动同时也正是对宗介的回答。

"那家伙原来还想就这么一直当寄生虫，直到友永先生去世呢。等友永先生一死，他就会把财产全都夺走。财产之类的倒无所谓，但那样下去你是不会得到幸福的，也无法和我结婚，因为你无法抛下友永先生不管啊。"

"是啊。虽然我们没有任何血缘关系，从户籍上来说我也是个外人，但他是我最爱的父亲。"

"所以这真是件好事啊。"

"算我求你了，千万别在外边说这种话啊。"

"我知道，我又不是白痴。"宗介放下茶杯，望着奈美惠的手，"这戒指挺适合你的。"

"是吗？爸爸还说，让绀野这么破费不会有事吧。"

"就算我薪水再低，戒指还是买得起的。你放心，我没有贷款。"

"听你这么一说我就放心了。"

就在两人四目相对之时，门铃再次响了起来。奈美惠略感意外地应了门，才发现对方是警察，不过既非草薙也非内海薰。

"听负责监视的同事说，绀野宗介先生到这里来了是吧？"对方问道。

"是的，他在这里……"

"抱歉，我们有些话想问一问他，可以打搅一下吗？"

"啊……"

奈美惠向绀野确认了一下。听绀野说，他在进来的时候被身穿制服的警察叫住过。

她和绀野一起来到了玄关，两名男子正在门外等着。

"请问是绀野宗介先生吧？"略为年长的男子一脸严肃地说道。

"是我，请问有什么事吗？"

男子先向他出示了一下警察手册，随后说道："请问昨晚八点左右您在什么地方？"

8

他背对着薰，脊背宽阔，两手的手指以令人头晕目眩的速度跃动着，让人不由得担心键盘是否会被他敲坏。然而他的背依旧挺得笔直，来回移动的只有肘部以下的部位。

啪的一声敲下某个键后，汤川把椅子转了过来。

"最近光是回复邮件都让人累得够呛。同一个人一天中会发好几封信来，效率实在低得让人受不了。如果对方能把所有事都整理好，一次性全部发过来就好了。"汤川摘下眼镜揉了揉眼睑，之后看了薰一眼，"你特意过来一趟，我却让你等了这么久，真是抱歉。"

"没关系。"

此前汤川发来短信说想听听调查进展，如果顺路，希望薰能来研究室一趟。而薰今晚也正好有事要回警视厅。

"情况如何？对了，我还是先来冲杯咖啡吧。"

"我就不喝了。老实说，目前几乎没有任何进展。虽然被害人在世时生活混乱不堪，与他人的纠纷从未停过，但最近一段时间几乎都没发生过类似的事。"

"就算他没有与人发生纠纷，也不代表没有人对他怀恨在心。"汤川开始在水槽旁冲起了速溶咖啡。

"这话倒也没错……您钟爱的那台咖啡机呢？"

"送给一个独自生活的学生了。我还是觉得速溶的更方便些。没从现场发现什么有价值的线索吗？"

"很遗憾，目前还没有。"

"我记得你跟我说过，被害人是被人用刀刺死的。凶器呢？"

"还没找到。不过应该是种极为特殊的凶器。"

薰把有关凶器的情况告诉了汤川。

"嗯……是日本刀啊？用那种东西一刀捅死了被害人……"

"被害人身边并没有持有日本刀之类物品的人，您觉得这是怎么回事呢？"

"我怎么会知道。"汤川坐到椅子上喝了口咖啡，"我也和你们说过，当时我的朋友告诉我一件奇怪的事，说是在屋子烧着之前，他们听到了一声很响的破裂声，而且还说当时燃烧起来的火焰是五颜六色的。有关这一点，你们是否查到了些什么？"

"查到了，是烟花。"

"烟花？"

"被害人在屋里存有一些烟花。我们还从附近的居民那里得到了被害人生前时常燃放烟花爆竹取乐的证词。"

"烟花啊。如此一来，谜团之一也就解决了。"

"除此之外还有什么谜团吗？"

"他们说在火灾发生前还听到了一声玻璃破裂的声响，那声音究竟是怎么回事呢？"

"这一点现在也已经解决了，玻璃是凶手敲碎的。"

"为什么？"

"为了潜入室内。估计凶手当时是从池塘一侧的窗户潜入室内的。"

"你看起来挺有自信的嘛，有什么根据吗？"

"我们调查了残存的玄关大门，发现当时房门应该是反锁的，因此凶手当时无法从玄关潜入室内。最为稳妥的观点是，凶手在敲碎玻璃窗后潜入了室内。"

汤川把咖啡杯放到桌上，抱起了胳膊。"就算凶手确实是那样潜入室内的，他又是从哪里逃走的呢？当时我的朋友和奈美惠小姐应该一直都看着。"

"必然是从隔壁房间的窗户逃走的，因为从主屋看不到那边的情况，估计凶手当时就是那么做的。"

"现场勘查取证时，裂掉的玻璃窗是否开着？"

"这个嘛……似乎无法确认了，因为灭火的时候它被损毁了。可如果窗户当时没开就有些不大对劲了，因为如此一来，就说明凶手并没有逃出去。"

"你说什么？"

"当时众人都注视着那扇裂掉的玻璃窗，而玄关和其他房间的窗户都反锁着。如果那扇窗户没开的话，那就说明凶手并没有从室内逃出去。如此一来，事情就有些奇怪了。"

汤川应该不是一个笨到连这种理所当然的事也要自己重复一遍才能听懂的人。薰不解地望着汤川。

汤川用食指扶了扶眼镜。"当时尸体倒在什么地方？"

"记得是在窗户旁。当时消防员都在帮着搬运，不大记得尸体的姿势究竟是怎样了，但尸体躺在窗旁这一点应该不会有错。"

"窗户旁……被害人当时在做什么呢？"

"这就不清楚了，不过那间屋里似乎放着液晶电视和 DVD 机。"

"窗旁是否放有用来看碟的椅子或者沙发之类的东西呢？"

"似乎没有，当时窗旁好像什么也没有。"

汤川把右手肘抵在桌上，做了个如同往拳心里吹气的动作。"内海，假设当时你在那间屋里，听到窗户玻璃忽然裂开的声音时你会怎么办？会立刻逃走吗？"

"当然会，但是也有来不及逃走的可能。被害人被凶手追上一刀捅死的可能性很大。"

"即便如此，被害人当时应该也多少能够逃开一段距离，倒在窗户旁边这一点总归令人感觉有些奇怪。"

"是否有可能被害人当时已经在躲闪，最后却被凶手在窗户旁刺死呢？"

汤川皱起了眉头。"只是在屋子里四处逃避，而没有想过逃到外边？"

"这个嘛……说来似乎有点奇怪，但说不定这世上还真有这样的人。人一旦慌了神，有时确实会做出一些奇怪的举动。"

汤川一脸难以信服的表情，他用手托住下巴，两眼一直盯着工作台的桌面。

"金属魔术……"只听他嘴里喃喃念道。

"您说什么？"

"没什么，我在自言自语。"

"您觉得有什么不对劲的地方吗？"

"倒也不是这个意思，只是我这个人比较喜欢挑刺罢了。"他摆了摆手，"对了，我还有件事想问你。刚才你说你们并没有发现任何可疑的人，果真如此吗？我觉得警方不可能不怀疑那两个人。"

薰心里很清楚他指的是谁。"我们曾经把友永先生和奈美惠小姐视为头号嫌疑人，但立刻就推翻了这种假设。"

"因为他们有不在场证明吗？"

"是的。首先友永先生不可能行凶，至于奈美惠小姐，现在有种意见认为如果她用了某种特殊手法，或许也有可能行凶。"

"什么特殊手法？"

"或许被害人早已被凶手刺死，而那场火灾不过是为了让人错误判断行凶时刻的把戏。但从尸检结果来看根本不可能，因为死亡推定时刻与火灾发生的时刻几乎是相同的。"

"原来如此，那就好。"

"只不过，"薰接着说道，"却也存在本案有其他共犯的可能。主犯是谁姑且不论，说是两人共同行凶更准确些。"

"有点意思，你们发现嫌疑人了吗？"

薰犹豫了一下是否该把这件事告诉汤川，最终她还是开口了。

"奈美惠小姐有个姓绀野的恋人，这位绀野先生并没有不在场证明。他声称案发时独自一人在公司里，但没有任何人能为他作证。刚才我们已经去他家调查过了，并没有发现凶器。"

"是吗……"汤川喃喃说道。

"除此之外，您还有什么要问的吗？"

"没了，我已经问完了。百忙之中打搅了你，实在是万分抱歉。谢谢。"汤川低头行了一礼。

"没什么，那我就此告辞了。"薰把挎包背到肩上，向门外走去。

"内海。"汤川叫了薰一声，她转过头来。

随即汤川又沉默了，略显犹豫的神色浮现在他紧皱的双眉之间。

"请问您还有什么事吗？"

"没……"他避开薰的目光。

"有什么事您就说吧。"

听到薰的这句话,汤川深深地呼吸了一下,看着薰说道:"能麻烦你……带我到现场去看看吗?"

"现场?您是指别馆烧毁后的那片废墟吗?"

"是的。啊,不了。"他再次转移开了视线,"如果不方便就算了。"

薰有一种不祥的预感,每当这位物理学家有了什么重大发现的时候,他全身上下就会散发出一种让人感觉异样的东西,薰此刻察觉到的正是这种东西,只不过汤川此刻的表情和以往不大一样。

"我和上司说一下。"薰说道,"我一定会设法安排让您去现场看看的。"

看到汤川轻轻地点了下头,薰转身向门外走去。

9

汤川首先拿起已经被烧焦的书。薰早就料到他会如此,但心中仍不禁一热。

"惨不忍睹……"汤川喃喃说道,"这些文献可都是很难弄到的宝贵资料啊。"

在他脚边散乱地堆放着大量先是被火烧得焦黑、又被水淋得湿漉漉的文献。

"当时这里有个嵌在墙上的书架,受损的程度最为严重,所以估计当时的火源就是这里,而那些烟花似乎就放在书架旁边。"

说话的是一个姓大道的年轻鉴定人员。他是接到间宫的调派专程过来给汤川说明情况的。

汤川站在屋子中央看了看烧垮的书架，转身走到窗户旁。窗外的池塘波光粼粼。

"这些玻璃上的指纹采过样了吗？"他低头看了看散落在脚边的碎片。

"采过了，"大道回答道，"但没有发现什么有价值的线索，上边只有被害人留下的指纹。"

汤川点了点头，弯下腰用戴着手套的手捡起了一样东西。

"似乎是电话子机啊。"薰插嘴道。

"嗯，母机在什么地方？"汤川看了看周围。

"在这里。"大道指了指沙发的残骸，"子机的充电器也在这里。"

汤川拿着子机走了过去，把子机放到充电器上，回头看了看窗边。

"为什么子机会落到那么远的地方呢？正常情况下应该是放在充电器上才对啊。"

"或许当时被害人正在使用子机吧。"薰说道。

"这样想应该比较稳妥。"

"我这就找 NTT^① 询问一下。如果当时被害人正在与人通话，对方或许会知道些什么。"薰把这事记录到了记事本上。

汤川再次环视了一下这间烧焦的屋子。

"有这间屋子的平面图吗？"他向大道问道。

"在这里。"说着，大道从手里的文件中抽出了一张 A4 纸。

---

①日本电报电话公司（Nippon Telegraph & Telephone）的缩写。

汤川看了看平面图，再次走到窗边。"我可以把这些玻璃碎片带回去吗？"

"玻璃吗？"大道反问道。

"对，我想搞清楚这块玻璃是怎么裂开的。"

"啊……"大道露出了疑惑的表情，掏出手机，"我知道了。请您稍等一下，我先问一问上司。"

"这些玻璃有什么问题吗？"薰向汤川问道。

汤川并没有回答她，而是怔怔地望着窗外。"那是什么？"他突然说道。

薰顺着汤川的目光向外望去，只见池塘里漂浮着什么东西。

"似乎是只皮划艇。说起来，上次附近的老太太跟我说过，被害人生前在池塘里放了只奇怪的船玩耍，或许说的就是它吧。"

"皮划艇啊……"汤川喃喃说道。

大道走到汤川的身旁。"上司已经批准了。我们会把碎片收集起来，今天送到您的研究室。要是割伤了老师您的手指，我们可就麻烦了。"

"好的，那就有劳了。"汤川向大道点头致意后，又转头看着薰，"能麻烦你去把奈美惠小姐叫来吗？"

"叫到这里吗？"

"对，我有话要问她。"

"我知道了。"

薰来到主屋，只见奈美惠身上穿着围裙，正在准备午饭。听薰转述过汤川的话后，她略显惊讶地脱下了围裙。

薰把奈美惠带到了现场。汤川和她匆匆打了个招呼后便说明了自己的意图。

"听说在案发当日的白天，您和老师曾经到这里来见过邦宏先生，能向我详细讲述一下当时的情况吗？"

"当时的事有什么问题吗？"

汤川冲着一脸不安的奈美惠笑了笑。"对学者而言，有时火灾现场也是极为宝贵的研究资料。还请您不要在意，给我讲述一下当时的情况吧。"

不知奈美惠心中是否认可汤川的这种说法，她应了句"是吗"便断断续续地回忆起来，薰连忙记录。

据说友永当时是过来拿瓶中船的，顺便下令让邦宏赶快搬走。邦宏当然不会答应，气氛便和往常一样变得紧张起来，之后双方便分开了。

汤川甚至问了谈话时几人所处的位置，此外还询问了那些瓶中船原本放在何处，还有当时都是谁去拿的。

"当时他们俩有没有提到那东西呢？"汤川指了指窗外，"那只皮划艇。"

"啊，确实提到过。"

据奈美惠说，当时友永对邦宏说町内会的人很不满，让邦宏尽快把皮划艇收起来，而邦宏则不以为然。

"那只皮划艇有什么问题吗？"

"没什么，只是觉得有些少见罢了。我的问题问完了。对了，老师他现在如何？我希望能去问候他一下。"

"我去问问吧。"

看着奈美惠朝主屋走去，汤川走到了大道身旁。"你们调查过火药的成分没有？”

“什么？”

“我听说现场残留了一些烟花的残渣，你们有没有调查过残留的火药成分？”

“啊……这倒还没有，那些火药有什么问题吗？”

汤川皱起眉头，看起来似乎是在思考什么，但最后还是摇了摇头。“没什么，只是随口问问罢了。”说罢，他摘下了手套。

这时，奈美惠走了回来。“爸爸说请您过去。”

“是吗？那我就不客气了。”汤川把手套递给薰，朝主屋走去。

薰走到了大道的身旁。“我有个请求。”

“我知道。”大道微微一笑，“是想让我们调查一下火药的成分吧？不用你说，我也正有此意呢。”

“谢谢。”

“不过汤川老师有些奇怪，为什么不明确提出希望我们再详细调查一下成分呢？”

“不清楚。”薰望着主屋说道。

10

奈美惠推开拉门的时候，幸正还躺在床上。

“我把他带过来了。”

“哦，是吗？”幸正连忙操作起了手杖。一阵马达声响起，床体用来支撑上半身的部分缓缓地升了起来。

汤川说了句"打搅了"，走进了屋里。窗边有把椅子，奈美惠请汤川坐下。

"您喝咖啡还是红茶？"奈美惠问道。

"不必了，一会儿我还有事。"

"我也不用了。"幸正说道。

奈美惠有些迟疑，不知该走开还是留下，但最后还是拉了把椅子过来，在两人的身旁坐下了。她有些搞不明白汤川为什么要在火灾现场问那些问题。

"您的身体好些了吗？"

"嗯，我没事。只是发生了那件事以后就成天和警察打交道，感觉有些疲惫。"

"您也别太勉强自己了。"

"你就不必担心我了。对了，听说你在协助警方调查？"

"倒也算不上是协助。"

"我在报纸上看到过有关你的报道，说是 T 大学的物理学家协助警视厅办案，解决了难解的疑案。报道上的署名是 Y 副教授，说的应该就是你吧？"①

汤川苦笑了一下，垂下目光。"看来又要被您训斥一通，说我不好好搞研究，整天胡来了。"

"不，把所学的知识运用到助人上，对学者而言是理所当然的。而这个世界上逆此道而行的人比比皆是，竟用自己所学去杀人。"

汤川点了点头，表情僵硬地望着幸正，随后又环视了一下屋里。

---

① T 大学指帝都大学，取"帝都"一词罗马音（TEITO）的首字母 T；Y 指汤川，取其罗马音（YUKAWA）的首字母 Y。

"看上去您至今还在搞研究。"

汤川有此感觉，大概是因为书架上依旧放着许多书，就连幸正在职时的工作台和堆放零件药剂的橱柜也仍然还在屋里。

幸正笑了笑，"每次看到这些东西，我就会触景生情，但又总舍不得扔掉它们。"

"您的心情我能理解。"汤川站起身来朝窗外望了一眼，"景色真不错啊，池塘的风景一览无余。"

"我早就看厌了。"

"但自然的美景与人工景色有所不同，每天都会发生变化。"

"这话倒也没错。"

"从这里还能看到别馆那边啊？"汤川说道，"连窗户都能看得一清二楚。"

"能看到。所以起火的时候，我一直都在这里看着。"幸正回答道。

汤川坐回椅子上，开始在胸前口袋里找着什么。"糟了，我忘带手机了。不好意思，可以借用一下您的电话吗？"他指了指窗边的固定电话。

"可以。"幸正说道。

汤川把听筒贴到耳朵上，露出略显疑惑的神情。

"打外线电话的时候要先按一下这个键。"奈美惠从一旁伸出手来，"抱歉，这电话有点旧了。"

汤川笑着说了句"没什么"，拨起号来。

"嗯，我是汤川……今天估计会有东西寄送过去。抱歉，如果到时候我还没有回去，能麻烦你帮我签收一下吗？嗯，那就拜托了。"

挂断电话，他说了句"谢谢"，抬手看了看表。"多有打搅，我差不多也该告辞了。"

"要走了吗？真是够忙的啊。"

"今天能见到您真是太好了。"汤川低头深深地行了一礼。

奈美惠把汤川送到玄关，回到幸正的房间，只见他已经再次躺倒在床上了。

"绀野后来怎样了？听说警察找他询问了当时的不在场证明？"

"听说警方没有在他家发现任何线索，后来也就没说什么了。只不过他们似乎还是对他心存怀疑，甚至还去他上班的地方调查了。"

"这可不妙啊……"

"虽然警方难免会怀疑他，但他根本就不是那样的人啊。"

"没事的，他的嫌疑迟早会被排除。"幸正说完转头看了看窗外的天空。

11

间宫抱着胳膊坐着，嘴角向下，再加上脸上肉多，使得他看起来就像是一头斗牛犬。

"你说找到了一个杯面空桶？"

"是的。"

草薙站在间宫面前，背着双手，俯视着上司。

"你不是说要去寻找绀野的不在场证明吗？"

"准确来说，我去调查了一下他本人的供述是否属实。案发那天夜里绀野在公司加班，他说在八点左右曾吃了一份杯面。我们找到了杯面空桶，上边有他的指纹。而装有杯面空桶的垃圾箱里的垃圾是在案发当晚八点半被人收走的，当时垃圾箱放在走廊上，所以负责收垃圾的人并没有察觉到绀野还在屋里。案发时间是当晚八点过一些，案发现场距离绀野上班的地方至少有一个小时左右的路程，所以如果绀野是凶手，垃圾箱里便不可能有杯面空桶。"

"有没有可能他早就扔进去了？"

"不可能。那天晚上直到七点回公司前，他一直在外边跑业务。"草薙淡淡地说道。

"也就是说，绀野也有不在场证明啊。"

"是的。"

"你不会跑去翻垃圾了吧？"

"不可以吗？"

"不，辛苦你了，干得好。"间宫面无表情地说完后，双手搔了搔头，"这样一来嫌疑人就一个不剩了。可恶，我之前还一直觉得那家伙最可疑呢。"

草薙转身走到了薰的身旁。

"绀野宗介的嫌疑也洗清了啊。"

"那是当然。我从一开始就觉得他不是凶手，那家伙不可能行凶。"

"刑警的直觉吗？"

"不是。你知道绀野上学时的体育成绩吗？让他敲碎玻璃窗闯进屋里，然后再用日本刀敏捷地将对方捅死，对他而言简直是难如登天。"

"哎？很有逻辑性嘛，您是受了汤川老师的影响吗？"

"你拿我寻开心？"

就在草薙瞪视着薰的时候，鉴定科的大道走进会议室，给间宫看了份文件。间宫看过后，把目光转向了薰和草薙。"你们过来一下。"

两人走到座位旁，间宫把文件递给他们。"你们看看吧。"

文件的内容正是他们前两天委托鉴定科分析那些从案发现场收集回来的火药成分的相关报告。

"环三次甲基三硝胺……这是什么？"草薙问道。

"一种炸药，有时会被用来制作塑料炸弹。虽然量很少，但很有可能曾经有人在现场用过。"大道答道。

"能被用来制造烟花吗？"

听到薰的问题，大道立刻摇了摇头。"烟花中用的是黑火药，当然，现场也检出了这种火药。"

"那么，凶手当时是用炸药引发的那场火灾吗？"间宫问道。

"不清楚，炸药也有可能是被害人自己的东西。"

"现在鉴定科的看法有改变吗？我感觉这份报告也只是把问题从烟花转移到炸药上去了而已啊。"

"目前还没有，毕竟结果才刚刚出来。"

"报告能借我们一下吗？"草薙拿起文件，转头看看薰，"带上这份报告去找汤川。"

"我觉得这办法不错。"大道也说道，"那位老师似乎察觉到了些什么，与其我们几个在这里讨论，不如直接拿去问他。"

间宫虽然什么也没说，但轻轻点了点头，示意许可。

"那我就出发了。"薰接过了文件。

从帝都大学物理系第十三研究室门外的去向告示牌来看，汤川似乎外出了。找屋里的学生们一打听，汤川应该在第八研究室。于是薰走到与第十三研究室相隔五间的房门外。

汤川独自一人在屋里，面前堆放着一些翻开的资料。他看到薰走进屋来，连忙把资料合了起来。

"麻烦你过来前先说一声啊。"

"我打过您的手机，可是您一直没接。"

"啊。"汤川咬住了嘴唇，"我把手机忘在屋里了。"

"这屋子是怎么回事？您也会来别的研究室啊。"薰看了看他刚才合上的资料，只见上边写着《爆炸成形中的金属流体行为解析》。薰不明其意，但上边的"爆炸"二字引起了她的注意。

"我有时也会有事去别的研究室。"汤川拿起了资料，"如果你有事找我，麻烦你离开这里到外边等一下。"

"好的。"

薰在走廊上等了片刻，汤川便从屋里走了出来。研究室里的资料他没有带出来。

"有什么进展吗？"汤川边走边问。

"绀野先生的嫌疑已经洗清了，草薙前辈发现了他的不在场证明。"

"是吗？不愧是有才干的刑警，的确有点本事。"

"另外就是这个了。"薰停下脚步，从包里拿出了文件，"前辈让我拿来给您看看。"

汤川接过文件飞快地扫了一眼，随后他的目光就变得不可捉摸了起来。"你们已经调查过成分了吗？"

"不可以吗？"

"倒也不是不可以。"他摇了摇头，把文件还给了薰，"鉴定科什么看法？"

"目前还没有任何官方声明。"

"这样啊……"

汤川走到窗边，两眼望着窗外。从他的侧脸来看，他既像在思考着什么，又像是有什么心事和苦恼。

就在薰打算开口叫他"老师"的时候，他转头看向薰。

"你是开车来的吗？"

"是的。"

"有件事想麻烦你，能陪我去友永家一趟吗？"

"去友永先生那里吗？当然可以，但您有什么事吗？"

"这个嘛……去了你就知道了，只要能见到友永老师。"

汤川的目光中流露出薰从未见过的悲伤，但薰忍着没有继续追问。

"好的。我去把车开过来。"

"谢谢。我马上就来。"汤川解开白大褂，向着自己的研究室走去。

12

汤川一言不发地坐在副驾驶席上，双眼直视前方，但薰明白他并不是在欣赏眼前的风景。

"放会儿音乐吧？"

汤川不答，薰只得作罢，继续专心驾驶。

"友永老师并不是一位依靠独创的灵感取胜的学者。"汤川终于开口说道，"他是那种在前人已有的研究成果之上扩充并将其应用的学者。他在研究中会不断地重复实验，积累数据，属于实践派。我认为这样的研究极为重要，因为积累的数据很有价值。但教授们对他的评价却不高，总说他没有任何新发现，所做的事和工科研究人员做的毫无区别。所以直到退休他还是个助教。"

"这样啊……"

这些事情薰还是第一次听到，她听其他刑警说起过友永幸正的经历，但并不清楚他过去是一位怎样的研究者。

"不过我很喜欢老师的做法。理论固然很重要，但实践也必不可少，有时新的发现和想法就是从不断的实践和失败中产生的。是老师让我明白了这一点，所以他是我的恩人。"

"您现在又去找那位老师有什么事吗？"

汤川并没有回答她的问题，薰也就没有再多问，因为她已经大概知道汤川此行的目的了。

薰心想，这事还是交给他来办吧。

他们来到友永家，奈美惠一脸疑惑地请二人进了屋，因为她不知道薰为什么也来了。

正在起居室里看书的友永抬起头来看了看汤川和薰，唇边浮现起一丝微笑，表情平和而安详。"和警察一起来了？看来你今天并不是来探望我的吧？"

"很遗憾，您说得没错。我今天是因为有重要的事想和您谈谈才过来拜访的。"

"看来确实如此。好了，你们先坐下吧。"

汤川答了声"是",但没有落座,而是扭头看了看奈美惠。奈美惠察觉到了些什么,她眨了眨眼,之后又看了看墙上的钟。

"爸爸,我出门去买点东西,大概三十分钟后回来。"

"去吧。"

听到奈美惠走出玄关,汤川坐到了友永对面。薰则在离他们稍远的餐桌旁坐了下来,从她的位置看不到汤川的表情。

"你好像不大想让奈美惠听到我们之间的谈话啊。"友永说道。

"虽然这事迟早有一天得让她知道,但今天我只想和老师您单独谈谈。"

"嗯,有什么事你就说吧。"

汤川的背轻轻地起伏了一下,薰看得出他是在深呼吸。

"火灾现场发现了火药,是环三次甲基三硝胺,老师您曾经在《爆炸成形中的金属流体行为解析》中使用过那种东西。"

友永眯起了眼睛。"难得你还记得那篇论文的标题啊,听起来真是令人怀念呢。"

"老师。"汤川说道,"事情的经过我心里很清楚,我也知道您这么做是迫不得已。但犯罪就是犯罪,您就干脆自首了吧。"

听到汤川这番话,薰的心剧烈地跳动了起来。虽然事情的进展如她所料,但真的听到汤川说这些话时,依旧让人有些不知所措。

友永并未显出丝毫狼狈,目光平和地注视着眼前的学生。"你的意思是,我杀了邦宏?就凭我现在这把老骨头?"

"有关杀人的手法,我心里已经大致有些头绪了。的确,如果换了是其他人,或许无法办到,但老师您却可以,因为您是金属魔术师。"

友永笑了起来。"这名号我也有些年没听人叫过了,真是令人怀念啊。"

"我是在十七年前听到的，当时参加实验的时候其他人告诉我的。"

"是吗？都已经十七年了啊。"

"老师，请您自首吧。"汤川说道，"我不清楚您现在坦白罪行在法律上是否还能算作自首，但是目前警方还没有怀疑到老师您，如果您现在把一切都说出来，审判的时候必定会酌情考虑，从轻判处。您就答应我的请求吧。"

友永脸上的笑容骤然消失，变得如同面具一般面无表情，他用冷峻的目光望着汤川。"既然把话说到这份儿上了，想来你一定有些什么根据吧？"

"我已经分析过那些玻璃碎片了。"

"玻璃……然后呢？"

"我一一调查过那些碎片的断口，并且用电脑解析过了。结论是，当时玻璃并非被人从外侧敲碎，而是因为受到了来自屋内的力而碎裂的。而且通过判断焦渍附着在玻璃外面还是里面，更印证了我的看法。"

"然后呢？就因为玻璃是从屋内碎裂开的，所以我就是凶手了吗？"

"玻璃破碎没有那么简单，它首先被什么东西以极快的速度穿透，随后受其影响整块玻璃上出现裂痕，其余的部分才碎裂落下的。从当时的情形来看，穿透玻璃和穿透邦宏先生身体的很可能是同一种物体，警方此前推测的类似日本刀的东西，其实就是一把以超高速在空中飞行的利刃。除了金属魔术师之外，没人能够做到这件事。"

听了汤川的话，薰极为震惊，甚至有一种想要掏出笔来记录的冲动。然而汤川已经交代过，希望她不要记录今天汤川和友永之间的谈话。

"如果老师您不愿自首，我就必须代替您把真相告诉警方了。如此一来，我也就必须动手实验加以证明了。老师，请您不要逼我这么做。"他的语气像往常那样淡漠，但言语充满了恳切。

友永缓缓地摇了摇头。"我办不到。我没有杀我儿子，凶手不是我，而是持有日本刀的人。"

"老师……"

"抱歉，你回去吧。我没有时间听你的胡乱猜测。"

"为什么？老师您不是已经准备好要自首了吗？"

"胡说，你的天方夜谭还没讲完吗？薰小姐，如果我已经说了让客人回去，但对方还死赖着不走，该怎么办才好呢？这种行为该判处什么罪名呢？"

虽然被友永提问，但薰只是一脸困惑地默默看着汤川的背影。

"无论如何您都不愿自首吗？"汤川再次问道。

"你真的以为我已经闲到陪你胡扯的地步了吗？"友永压低了嗓门。

汤川站起身来。"我知道了。打搅您了。"他转过身来面对着薰，"我们回去吧。"

"就这样回去吗？"

"没办法。看来是我错了。"

"慢走不送。"友永说道，"玄关的门你顺手带上就行。"

汤川行了一礼，迈步走向玄关。

13

　草薙按了好几次一次性电子打火机，才终于把烟点着。周围似乎起了点风，却也没到会把衣角吹起来的地步。

　"已经和您说过严禁烟火了。"薰指责道。

　"是指装置附近严禁烟火吧？我知道了。"草薙吐了口烟，把目光投向了远处。

　草丛中搭起了一个看似箭塔般的架子，鉴定科的人正在周围认真地忙碌着，汤川和大道两人则在架子旁边谈论着什么。

　"草薙！"汤川喊道，"我看到了。"

　"真烦人。"草薙皱起眉头，在便携式烟灰缸里摁熄了香烟。

　汤川招了招手，薰和草薙一起走了过去。

　"看看这个。"

　汤川把一个边长约十厘米的方形盒子递给草薙，盒子的中央装有一块细长的心形金属板。

　"这是什么？"草薙问道。

　"金属板是用不锈钢制成的，厚度约为一毫米，但其厚度并不均匀，有的地方薄有的地方厚。至于我为什么要把它弄成这样，这一点随后我再解释。金属板背面涂有胶状炸药，而炸药后面则装有无线控制的起爆装置。"

　"这玩意儿真危险啊。"

　"所以才跟你说要严禁烟火。请不要在这里吸烟。"

草薙撇了一下嘴，动了动眉毛。

"你就把这架子当成是友永家别馆里的书架。从平面图上来看，在大约五米远的地方还有扇窗户。"

汤川伸手所指的地方竖着一个玻璃窗模型，窗后堆着一个小土包，窗前放着一个台子，上边有块用布包裹着的方形物体。

"那是什么？"

听到草薙的询问，大道回答道："是猪肉。"

"这么做是为了确认穿透力，毕竟我们也不能拿人来做实验啊。"

"原来如此。"

汤川把手中的盒子放到架子中央，把装有金属板的一端朝向玻璃窗，小心翼翼地调整好位置。

"这样一来准备工作就全部结束了，大家离远点儿。"

大道把汤川的指示转达给大家，薰、汤川和草薙三人一同躲到了停在二十米开外的车子后面。

大道用无线对讲机和同伴交谈了几句后，向着汤川说道："随时都可以开始。"

"那我就动手了。"汤川看了一眼手表，开始操作笔记本电脑。

众人首先听到一声闷响，紧接着便传来了玻璃碎裂的声音。

"实验结束。"汤川说道。

大道和草薙跟着汤川去了架子那边，薰也赶忙追了上去。

走在最前面的汤川弯腰捡起那块从台上落下的包着布的猪肉，解开布，递到薰等人眼前。"看看吧。"

薰睁大了眼睛，只见肥厚的猪肉上开了个如同被利刃割开般的洞，贯穿到了肉块的另外一侧。

"就像用刀捅过似的。"草薙代替薰说出了心中的想法，"刀哪儿去了？"

"估计在那边吧。"汤川指了指土包。

没过多久，负责检查土包的鉴定人员捡回一件东西，递到汤川手中。"找到了。"

"漂亮。"汤川接过那东西，低声说道。

草薙瞪大了眼睛。"那块心形的金属板已经变成这个样子了啊？简直难以置信。"

薰也深有同感，那块金属板已经完全变成了刀尖的形状，虽说算不上锋利无比，但其尖锐程度也达到了稍一用力就能戳进肉里的地步。

仔细一看，其内部已经形成了一个空洞。

"这到底是怎么回事？你就用浅显易懂的语言给我们这些外行讲解一下吧。"草薙说道。

在间宫和鉴定科负责人一同出席的情况下，汤川在警视厅的小会议室里讲解了之前的实验。

"正常情况下，点燃炸药时其爆炸力是呈球状向周围扩散的，或许说成'四面八方'更容易被大家理解。但是通过对炸药进行处理，我们能够对其扩散方向加以限制。比如在炸药块上弄出一个圆锥状的凹陷，爆炸的能量就会集中到凹陷的前方，这种现象叫作'门罗效应'。除此之外，还有把炸药弄成极薄的平板状，或者将两种以上的炸药堆积成层状等方法，以此让一多半的爆炸能量朝着自己希望的方向集中。而如果在处理后的炸药上覆盖上金属板，金属板会因为爆炸能量的反作用力而被炸飞，同时还会产生形变。以上所述内容中，最重要的就是我们可以控制形变这一点了。假如我们在圆形金属板中央弄出一处凹陷，爆炸时的能量就会首先到达其中心部位，这样圆形的中心部分就会首先飞出，而距离中心越远的部分，飞出的时间也就越迟。"

汤川从胸前口袋里掏出一块手帕递给身旁的薰，说道："你帮我用两手把它拉紧展开。"

薰按照他所说的做了之后，汤川用食指按到了手帕上。

"金属板最后就会变形，成为这种尖端突出的形状。从这样的形状来推测，被炸飞的金属具备极强的穿透力。实际上，人们曾利用这种原理制造了一种名为'自锻破片'的武器。当然也有和平的利用方法，利用这种原理使得金属成形的方法就叫'爆炸加工'或者'爆炸成形'。"

汤川从身旁的包里拿出一份资料，薰记得曾经在哪里看到过。

"这是友永幸正先生在大约二十年前写的论文，标题是《爆炸成形中的金属流体行为解析》。友永先生通过庞大的实验数据，清楚地揭示了金属会因爆炸而产生怎样的形变。炸药的种类、分量、形状，金属板的材质、形状、大小——他曾经一一尝试过无数种组合，最后终于近乎完美地取得了模拟成功。那位老师……只要金属到了友永先生手中，他就能随心所欲地让它改变形状。为了向他精湛的技术表示敬意，我们尊称他为金属魔术师。"

他翻到资料的某一页，让众人看了看。

"这里写有他当时的模拟计划。这一次，我按照里边写的计划，创造了一种能让金属的形状变得酷似日本刀前端的条件，而我刚才所做的那个实验，就是基于这种方法。至于结果，正如方才草薙警官、内海警官，还有鉴定科的各位看到的那样。"

说到这里，汤川像是把全身的力气都宣泄出来了一般，一下子坐到了椅子上。

"原来是这样。"间宫用指尖拨弄着变了形的金属片，"但安装这种装置有那么容易吗？我觉得要确定其位置很困难啊。"

"您说得没错。案发当日的白天友永先生曾经去过别馆，虽然只有短短的几分钟，但确实有过单独一人的时候，估计他就是趁那时设定好位置的。或许他把装置弄得如同一本书一样，瞒过了被害人。至于最重要的高度和角度问题，友永先生则利用了他专有的定位工具。"

"工具？"

"就是那支手杖。友永先生改造过把手，使得把手可以伸长，但若想定位被害人的位置还不够长。不过他还在把手上装了一支激光笔，当时应该是被用来计算被发射出来的金属的飞行位置。"

间宫摇了摇头。他并不是无法理解，而是对汤川敏锐的洞察力表示惊叹。

"但友永先生当时是远程操控吧，这样不就无法清楚地判断金属片是否击中被害人了吗？"

听到这话，草薙在一旁说道："那就让被害人自己站到金属片飞行轨道上去。"

"要怎么做呢？"

"用电话。虽然在 NTT 那边并没有查到通话记录，但他们家有一部连接着主屋和别馆的内线电话。友永先生可以通过电话让被害人站到窗户边。"

"就直接叫被害人到窗户旁吗？如果这样说，被害人难道就不会觉得奇怪吗？"

"直接说自然会令被害人起疑，但当时友永先生可以对被害人说，有人想把被害人的宝贝皮划艇拖走。友永先生在事发前对被害人说过，町内会的人希望把那只皮划艇拖走，但据我们调查得来的情况看，根本就没有这样的事，所以友永先生这么做的目的恐怕就是替这通电话埋下伏笔。被害人在听到这通电话后，自然会靠近窗户去看看自己的皮划艇。友永先生在自己的房间里可以清楚地看到别馆的窗户，在他确认了被害人已经站到窗旁后，只用按下引爆装置就行了。"

口若悬河地说了一通后，草薙转头望着汤川微微一笑。尽管推理很精彩，但遗憾的是这并非草薙想出来的。

间宫沉吟道："那么你们是否咨询过负责尸检的医生的意见呢？"

"咨询过了。"薫回答道，"医生说，死者很有可能是被这类带有锋利尖端的利刃刺穿身体而死的，但不确定这种事情发生的可能性是否存在。"

间宫抱起了胳膊。"那就没什么疑问了，接下来就是寻找证据了。"

"只要把当时穿透玻璃的凶器找出来就行。"草薙说道，"不过那东西估计已经沉到池塘底了。"

"那就让人去捞。"间宫拍着桌子站了起来。

众人纷纷走出房间。薫也准备跟着离开，忽然转身看了看身后，只见汤川依旧坐在椅子上，两眼怔怔地望着那份资料。

"汤川老师。"

汤川抬起头来看着她。

"这样可以吗？"

"当然。有什么问题吗？"

"没有。"薰摇了摇头，走出了房间，草薙正在门外等着她。

"那家伙是个真正的科学家，无法饶恕别人用科学去杀人，哪怕对方是他的恩师也一样。"

薰默默地点了点头。

14

在友永幸正被逮捕的第四天，汤川联系到薰，问能不能去见一见友永。

目前友永被关押在辖区警察局的拘留所里。他对自己犯下的罪行供认不讳，估计不久案子就会被送交检方。

薰和间宫商量了一下，在得到上司的应允后，她把事情转告汤川。汤川只是简短地道了声谢，随后就挂断了电话。

在等待汤川的时候，薰心里有些不太平静。那位物理学家到底想来做什么？难道只是向往日的恩师道个别这么简单吗？

为了寻找沉到池塘底的金属片凶器，他们花费了整整三天。最终发现的东西和汤川在实验中制造出来的金属片极为相似。在对金属片进行过分析后，他们发现上边附着有与邦宏的 DNA 完全一致的软组织。

当他们把金属片拿到友永面前后，友永立刻承认了罪行。与汤川劝说他自首时相比，他的态度发生了一百八十度转变，而且没有任何反驳。间宫说，这是因为友永看到有人去池塘里打捞金属片，才下定了伏法认罪的决心。

而友永对自己行凶动机的供述，则是"无法眼睁睁地看着那家伙把自己吃穷"。

"请你们设想一下。虽说他是我儿子，但从他还是个婴儿时起，这么多年我们就一直没有见过面，我怎么可能眼睁睁地看着这样一个人把我的财富挥霍一空？我还想再活几年，能依靠的只有钱。我已经几次三番地请他离开，但既然他不肯听，我也就没有其他办法了。"友永对负责审讯的草薙冷静地说道。

友永说当天之所以把自己的学生叫到家里去，就是为了制造不在场证明。

"如果当时只有我和奈美惠在家，警方一定会怀疑我们两人中的一个，因此我就把那些学生叫来了。我原本认为计划进展得很顺利，但最大的败笔是我把汤川那家伙也叫来了。我还以为他早就把我当年的那些研究成果忘到九霄云外去了呢。"

薰问友永被汤川劝说自首时的想法，友永的脸上忽然露出了笑容，说道："当时我觉得自己还有诡辩的余地，但没料到他竟然连内线电话和手杖上的机关都看穿了，真是个不好对付的家伙。"

正午过后没多久，友永说的这个"不好对付的家伙"便现身了。与上次不同，汤川这次穿了一身西装。

"老师的情况如何了？"汤川看到薰后马上问道。

"他的身体状况看起来还不错，因为现在他不需要接受长时间的审问了。"

薰和汤川在审讯室等了一会儿，一位女警员陪着友永出现在他们眼前。友永拄着一支松叶拐杖，估计他是坐着轮椅到了走廊上才拄着拐杖进来的。

友永微笑着坐到了椅子上，一直站着的汤川看到他坐下后也拉过一把椅子坐了下来。

"怎么了？一脸晦气。"友永说道，"你不是应该暗自得意吗？做出了精彩的推理，又完美地验证了它。作为一个科学家应该觉得心满意足吧？高兴些嘛！还是说你心里现在窝着一团火，觉得你早就劝过我自首，可我却偏偏不听？"

汤川深呼吸了一下，之后开口说道："老师，您为什么不愿相信我们呢？"

友永略显惊讶地沉下脸。"你这话是什么意思？"

"内海，虽然我不清楚他招供了些什么，但他说的绝不是真相，至少杀人动机绝对不是他说的那样。"

"你在说些什么？"

"老师，您其实早就料到事情会发展到今天这地步……不，您是盼着事情变成这样才作案的吧？"

友永的表情显得有些僵硬。"别胡说八道了，这世上哪有人会为了让自己被捕而去杀人。"

"但我眼前就有一位。"

"怎么可能，净瞎扯。"

"汤川老师，究竟是怎么回事？"薰问道。

"薰小姐，您不必问汤川，他这人的话完全不用去理会。"

"请您别说了。"薰说道，"如果您再说下去，就别怪我请您出去了——汤川老师，请说。"

汤川咽了口唾沫。

"老师特意给我看他的手杖，这件事一直令我极为不解，因为只要我不知道手杖的秘密，就无法解开计算和定位装置位置之谜。正是因为我仔细看过那手杖，推理才得以进展顺利。所以我当时才认为，老师有自首的想法，但因为难以下定决心，就让我从背后推他一把。"

薰终于明白了事情的经过。正因如此，当时汤川才会问友永是不是想要自首。

"老师被捕后我也一直在考虑这个问题，后来我忽然想到，或许自己的想法彻底错了，其实一切尽在老师的掌握之中，而眼下这个结果也是他最终想要达到的目的。这样一想，一切就都能说通了。"

"具体怎么讲？"薰问道。

"我试着设想了一下如果他被捕将会出现怎样的情况。"汤川对薰说完后又转向恩师，"因为抚养自己长大的父亲被逮捕了，奈美惠小姐内心必定极为悲伤，但同时她也从整日照料老人的生活中解脱了，能够与同样有老人要照顾的绀野先生结婚了。此外，邦宏先生既然已经不在人世，那么也就再没有任何人能够阻碍奈美惠继承全部遗产了。您犯下此案并非为了自己，而是为了奈美惠小姐能够得到幸福。"

汤川这番话令薰震撼不已，一时间无言以对。她稍稍调整了一下呼吸，向友永问道："是这样吗？"

友永铁青着脸，瞪大了眼睛，身体不住地颤抖着。"胡说八道……这根本不可能。我为什么要这么大费周章……"

薰若有所悟地望向汤川。"是啊。如果他的目的在于杀掉儿子、让自己锒铛入狱，根本就用不着费这么大劲啊……"

汤川听后微微一笑。"如果换了是普通人，确实不必如此，找把刀来把人捅死也行，再不然拿绳子把对方勒死亦可，但他不能这么做。如果想把一个年轻男子杀掉，他必然只会拿出自己的看家本领，让金属魔术师出场。但这种方法存在一个很大的问题：警方有可能会因此无法查明作案手法。"

"啊。"薰不禁叫道。

"因为炸药的影响，现场一定会发生火灾。既然要让被害人站到窗户旁，那么至关重要的凶器必然会飞到池塘里去。警方并不知道金属魔术师的存在，自然而然会怀疑被害人是被人用刀捅死的。如此一来他的行凶计划也就完美了，但无法达到预期目的，于是他把一个既能看穿他的魔术又和警方有些联系的人叫了过去。"

"而这个人就是汤川老师您……"

汤川缓缓点了点头。"友永老师之所以给我看手杖，为的就是要让我来解开这个谜团。老师您不但是位操纵金属的专家，在操纵他人方面也堪称魔术师。我完全被您操纵了。"汤川重重地叹了口气，看了看薰，"我的话说完了。"

"可既然如此，他当时自首不就可以了吗？自首也会被逮捕的。"

"的确如此，但如果自首，法院便会酌情减刑。"

薰倒吸了一口凉气，她已经明白了汤川想要说什么了。

"一般而言，犯罪嫌疑人都希望得到从轻判处，但这一次的情况却有所不同。本案中的犯罪嫌疑人希望法院能够延长刑期，如果可能甚至希望自己能够死在牢里，所以他绝对不会自首。有计划地杀人，等其他人在他面前出示了无法推翻的证据后再无奈招供——他要的就是这样的结果。"

友永耷拉着头，懊悔中隐隐透着踏实和放心。

"你知道老师为何一直不肯把奈美惠小姐收为养女吗？"汤川问薰。

薰不解地摇了摇头。

"因为那样一来，照料老师就会成为奈美惠小姐的义务。老师平日被她照料，心里却一直希望能做点什么好让她得到解脱。但是啊老师，我从未感觉到照料您这件事让她痛苦。"说完，汤川低下了头，之后又如同下定了决心一般抬起头来。"我已经和奈美惠小姐谈过了。她也和我说出了她与被害人之间的关系。"

友永睁大眼睛，脸上露出紧张的神色。"莫非……"

"她当时说，'或许父亲已经知道这事了。如果你们能够体会到是什么事就再好不过了，我说不出口。'"

听到这里，薰突然有种直觉，于是不假思索地开口说道："不会是奈美惠小姐和被害人发生了肉体关系吧……"

"这事并非是在双方自愿的基础上发生的。"汤川说道，"但奈美惠小姐什么都没说，因为她不想伤害到老师，同时她也并没有离开家，因为她必须照顾老师。"

友永脸上显露出痛苦的神色，双颊的肌肉也痉挛起来。

"还有一点，老师。"汤川接着说道，"老师您身边不仅仅只有她一个亲人，您不是还有我们吗？我一开始就对您说过。您为什么就不肯信任我们呢？"

友永抬起头来，他的双眼已经因充血而变得通红。

就在这时，草薙推门而入，在汤川耳边小声说了几句。

"让他们进来吧。"汤川小声答道。

没过多久，三名男子走进了屋里，因为曾经找他们打听过情况，薰还记得他们的名字，安田、井村、冈部——正是那天在友永家聚会的三个学生。

"你们……"友永喃喃道。

"是我把他们叫来的。"汤川说道，"恐怕再过两天我会在法庭上出席作证，到时候我会说出刚才说的那些话，恳请法官酌情减刑。不管老师您心中有何想法，我都会竭尽全力，争取让您尽快出狱。而且我们几人也会为此担负起责任来，等刑期一结束，就请您来找我们吧。求您了。"

其他三人也都和汤川一道低下了头。

友永用右手挡住眼睛，身体轻轻地颤抖着，发出了呜咽声。"真受不了你。"他动了动嘴角，"没想到结果会是这样，真是受不了你。"友永放下右手，只见他早已老泪纵横，"你变了。以前的你只对科学感兴趣，什么时候开始变得能体谅人心了？"

汤川微微一笑。"人心也是一种科学，而且极为深奥。"

友永望着自己的学生，点了点头。

"说得没错。"他低下了花白的头，"谢谢你们。"

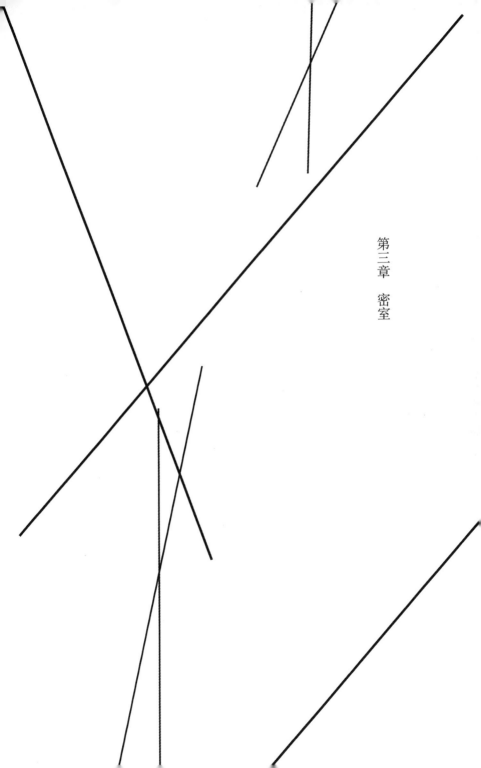

第三章　密室

1

远处传来了禁止通行的警告音，一列火车正缓缓驶近。藤村伸
一坐在商旅车的驾驶席上，抬手看了看表，指针指在下午两点八分。
和时刻表上写的一样，火车将在两点九分到站，两点十分再次出发。

他把车子停在车站前的环岛旁，看向车站的出入口，这是一个
水泥墙壁上已经出现多条裂缝的破旧车站。

没过多久，一名身材高挑、气质不凡的男子从出入口走了出来。
他身披大衣，却无法掩饰与学生时代毫无差别、无一处赘肉的紧致
身材。

藤村从车上下来，向着那名男子走去，叫了声"汤川"。

汤川学转向藤村，眯起金丝眼镜后边的眼睛，回应了声"哟"。"好
久没见了啊。看你身体挺好，比什么都强。"汤川说完，看了看藤村。

藤村皱起了眉头。"你是想说虽然看起来挺好，但长胖了不少吧？
草薙早就和我说过，等咱们见面后，你肯定会说我的体形。"

"我不会说你的，大家都已经是上了年纪身材开始发福的人了。"

"你和以前几乎没什么区别啊。"

"不，"汤川指了指脑袋，"这里已经开始稀疏地长出白发来了。"

"头发还这么浓密，不就几根白头发嘛。你就省省吧。"

藤村带着汤川来到商旅车前，等汤川坐到副驾驶席上后，藤村发动了引擎。

"这边的十一月果然够冷啊，而且还下过雪吧。"汤川望着车窗外道路两旁的积雪说道。

"五天前下的，今年似乎比往年都要冷些。这里和东京不同，记得在东京的时候，十一月份都还穿着单衣呢。"

"你应该已经适应这里的生活了吧？"

"怎么说呢，毕竟这还只是我来这边以后的第二个冬天。"

"民宿经营得如何？"

"还行吧。"

藤村驾车爬上一条窄长的坡道。道路铺设过，但路面算不上宽敞。路两旁有一些小商店，藤村驾车从其间穿行而过。

"坡很长啊。"汤川略显意外地说道。

"不远了，再忍耐一下。"

藤村继续驱车向前，沿着弯道而行。不久，前方的路面变得宽敞了一些，藤村把车开到护栏旁停了下来。

"这是什么地方？"汤川问道。

"民宿还得再往前才到，不过你先下车看一下。"

汤川面露困惑，但还是点了点头。"好吧。"

护栏的下方是一片峡谷，可以听到河水流过的声音。这里距离地面大约有三十米，能看到河里大大小小的岩石。

"很有气势啊。"汤川边往下看边说。

“那件案子，”藤村舔了舔嘴唇，“就是在这里发生的。”

汤川转过头来，脸上并没有任何惊讶的神色。或许他在下车的时候就猜到了吧。“就是从这里掉下去的吗？”

“没错。”

“嗯。”汤川再次朝护栏下方望了望，“从这么高的地方掉下去，估计撑不了多久吧？”

“据说是当场死亡。”

“想来也是。”汤川点了点头。

“我想让你先看看这里，不过不知道对你有没有帮助。”

汤川一脸疑惑地歪起头。“我在电话里已经说了，我不是警方的人，也不是侦探，虽然人们都认为我解决了很多案子，但我只不过是从物理学家的角度给草薙他们提了些建议罢了。请不要有过多的期待。”

“草薙说让我找你商量。”

汤川叹了口气，一脸无奈地摇了摇头。“真是个没有半点责任心的人。自己惹上麻烦推给我还嫌不够，竟然把你的问题也往我头上推。”

“那家伙是警视厅的人，不能插手其他府县的案件。而且他当时也是在听我讲述完经过后，才说这个谜比较适合由你来解开。”

“解谜啊……”汤川皱起了眉头，略显惊讶地望着藤村，“记得你说过是个密室之谜吧？”

“没错，就是密室。”藤村一脸认真地点头答道。

等汤川再次上车后，藤村开动了车子。往前走了大约一百米，车子拐进一条岔路，之后又爬了五十米左右的坡。不久，前方出现了木屋样式的建筑，藤村在玄关前的空地上停好了车。

"这别墅挺气派的嘛。"刚一下车，汤川便抬头望了望眼前的建筑。

"这可不是别墅。"藤村笑了笑。

"是吗？失敬了。"

"不过它当时确实是作为别墅挂牌出售的。"

藤村朝汤川伸出了手，准备接过他手里的行李包。两人是朋友，但主人帮客人拿行李也是理所当然的事。汤川说了句"不必"，谢绝了藤村的好意。他没有把自己当成客人。

看到门前停的车子，久仁子打开玄关大门，出现在两人面前。穿着毛衣和牛仔裤的她抬头微笑着向汤川打了个招呼。

"这是我老婆，名叫久仁子。"藤村说道。

汤川冲她点了点头。"我已经听草薙说过，藤村娶了位年轻漂亮的太太。看来传闻没有错啊。"

藤村赶忙摆了摆手。"你就别开我玩笑了，她会当真的。虽然每个人都夸她年轻，但她也将近三十了，跟别人的太太比起来没有多大差别。"

"等一下，谁说我将近三十了？我还差三年才到呢。"久仁子稍稍抬了抬下巴。

"三年时间一眨眼就过了。"

"不，三年时间可是很长的。"汤川坚定地说道，"二十多岁的太太啊，真是不错。"

"倒是你这家伙，想找更年轻的吧？我都听草薙说了。"

"草薙他究竟都跟你说了些什么？"汤川皱起了眉头。

"好了好了，这些事就过会儿再说吧。"

藤村把汤川招呼到了屋里。玄关直通走廊，打开门是餐厅兼休息室，有吧台，再往里走则是厨房。

屋子中央放着一张原木桌子，藤村和汤川面对面坐了下来，久仁子为两人冲了些咖啡。

"这咖啡味道挺不错。"汤川啜了一口，脸上浮现出满意的笑容，"你在这里的生活也挺好的吧？"

"这就得看各人的性格了，不过这里倒挺适合我的，东京那边的气氛总是会压得我喘不过气来。比起和客户讨价还价，还是和前来投宿的客人聊天更能让我感觉到生活的价值所在。"

"能找到适合自己的人生再好不过了，这可是最幸福的事啊。"

"有你这句话，我也感觉更有底气了。"

"不过收入方面……老实说，我猜不出你现在能赚多少，不过你家底雄厚，估计也不必为这种事操心吧。"

藤村苦笑了一下，眼前这家伙依旧还是那样口无遮拦。

"正如你所料，这里确实赚不了多少钱。冬夏两季会有些忙，但除此以外，也就是周末才有那么一两对客人来。不过我原本也没指望靠它来赚钱。"

"真是令人羡慕的生活。"

"你真这么觉得？那我来问你，你能做到吗？早早起床为客人准备早餐，之后收拾碗筷，打扫房间，出门买菜，有时还会带他们去山间游览，安排皮划艇。到了晚上自然还得做晚饭。冬天不光要送客人到滑雪场，还得清除屋顶上的积雪。怎么样，想试试吗？"

"当然不想试，但这种生活正是你想要的吧？你甚至不惜抛却一流公司职员的身份。我是羡慕你能够实现自己的梦想。"

"嗯，从这层意义上来讲，我倒也颇受上天的眷顾。"

藤村的父亲巧妙地利用祖辈留下来的土地发了大财，他留给儿子的几栋公寓如今也带来了不少收入，如果没有那份收入，估计这种做着玩儿一样的生意也就坚持不到今天了。

"今天有客人借宿吗？"汤川问道。

"就你一个。"

"是吗，那就快带我到房间去吧。"汤川放下杯子，站起身来。

"这个嘛，你真的要住那间房吗？我觉得你最好还是住另一间吧。"

汤川满不在乎地摇了摇头。"为什么要住另外的房间呢？没有任何问题。"

"如果你坚持如此，那我也没意见。"

"带我到房间去吧。"

藤村说了句"好的"，站起身来。走出房间的时候，他和吧台内的久仁子对望了一眼。久仁子略显不安地眨了眨眼，藤村则向她点了点头。

沿着走廊走到最深处，面前有道门。开门的时候藤村心中有些抵触，自从那件案子发生以来，他每次开门都会有这种感觉。

房间约有六叠大小，里边放着两张单人床。除此之外，就只有一张小桌子和几把椅子。南面的墙上有扇窗户。

汤川把大衣和行李包放到床上，走向窗户。"很普通的月牙扣锁啊。"

"看不出任何不对劲的地方吧？"

"看似如此。"

汤川打开窗锁，试着开闭了一下窗户，随后锁上。接着他又走到了门边。门上装的是普通的圆柱锁，上边还装着门链。

"当时这条门链也是扣着的吧？"

"是的。"

汤川"嗯"了一声，点了点头，坐到床上。他抱起胳膊，抬头望着藤村。"给我详细讲述一下那件奇妙的密室案吧。"

2

"案子是十天前发生的，那位客人到这里时是傍晚五点。我们暂且称他为'A'吧，英文字母的A。"

汤川一边拿出记事本，一边摇了摇头。"直接说真名吧，这样更容易理解些。我从报纸上查到被害人叫原口清武，四十五岁，职业应该是团体职员①。"

藤村耸了耸肩，在另外一张床上坐了下来。"那我就都用真名来讲述好了。刚才说过了，原口先生是在下午五点左右到的。办完入住手续后，我就让他住进了这间房。当时二楼倒也有空房，但他在预约的时候就说了希望住一楼。"

"有什么原因吗？"

"不清楚，当时给他办理预约登记的是久仁子，而且我们也没有

_____
①指在营利团体和政府机构以外的社会组织工作的人。

必要问他原因。"

"也是，你继续吧。"

"那天店里除了他以外还有另外两组客人，一组是一名男子，另一组是一对父子。晚餐时间在下午六点到八点，客人们要到刚才我们路过的那间休息室去用餐，但快八点了原口先生还没有出现，于是我到这里来看了看。房间上着锁，我以为他睡着了，就敲了敲门，但没人应答。我又大声喊他，还是没人应。我有些担心，就想用备用钥匙打开门，却发现门链从里面扣着，那么原口先生当时应该在屋里，但他为什么不回应我呢？我心里有些发慌，心想他不会是晕倒在屋里了吧，就从屋外绕到了南面的墙边，心想或许能透过窗户看到屋里的情形。"

"然后就发现窗户也上了锁？"

听到汤川的询问，藤村点了点头。

"对。当时屋里没有开灯，而且还拉着窗帘，根本就没法看到屋里的情形，所以我决定先回休息室再等等。可原口先生始终没有现身。我坐立不安，于是又一次来到房门前喊他，但同样没有任何回音。我再次试着用备用钥匙开门，这一次屋里却有了动静。我听到一声翻身似的响声，终于放下心来，回到了休息室。晚餐供应到八点，但并没有那么死板，我准备等到原口先生睡醒后过来吃晚餐。可到了快九点钟的时候，那对父子外出放烟花回来，跟我说原口先生房间的窗户是开着的。我赶忙跑过去一看，确实像他们说的一样，窗户开着，原口先生也已经不在屋里了。"藤村扭头看了看窗户。

"当时屋里是否有什么特别的地方？"

"倒也没发现什么。他带来的那个小旅行包还放在地板上，从常识来判断，原口先生应该是经由窗户离开房间到什么地方去了，因此我就出门到附近找了一下。但毕竟这里是深山，周围一片漆黑，我等了一个小时左右，还是不见原口先生回来，于是决定联系警方。天一亮警方就展开了行动，随后他们就在刚才那个地方发现了跌落山崖的原口先生。"

"嗯。当时警方的判断是什么呢？报上写的是意外事故或者自杀的可能性较大。"

"我不可能有更多的消息，所以不是很清楚，但他们似乎认为自杀的可能性更大一些。听说原口先生生前债台高筑，他独自一人跑到这里旅行本来就有些蹊跷，而且预约房间时希望住一楼可能也是为了越窗而出做的准备吧。"

"警方有没有考虑过他卷入什么案件的可能性呢？"

"也不是完全没有考虑过，但他们认为这种可能性很小。某人为了杀掉原口先生，神不知鬼不觉地到这种深山里来，又消失得无影无踪——我觉得这种可能性不大。"

"这附近不是还有几栋别墅吗？"

"有倒是有，但都是些无人居住的空屋，只有管理公司的人会不时来看看。案发那天也是如此。"

"那么当时只有你这家民宿里有人？"

"没错。而且当时别的客人一直和我们在一起，所以你也不必再去考虑他杀的可能性了。"

"这样啊。"汤川看了看记事本上的记录，不解地说道，"我可以再问你一个问题吗？这很重要。"

"你说。"

"听了你刚才的话，我不明白到底哪里令你感到不可思议。这房间一度似乎成为过密室，但当时有人在屋里，所以根本就谈不上有什么不可思议的。屋里的人从窗户离开了房间，又因故跌下了山崖——事情不就这么简单吗？"

藤村沉思起来。汤川说的话的确有理，而且当时警方的判断也是如此。

"但我总觉得有些不大对劲。"

"怎么不对劲？"

"我第二次来时，屋里的确有人，但第一次过来时却不这么觉得。"

"为什么？"

"因为当时屋里没开暖气。"

"暖气？"

"那天特别冷，就算是在床上躺着，一般来说也会打开暖气，但在我第一次打开房门时，却感到一股冷空气扑面而来，空调也没有运转。第二次来查看的时候暖风却开着，所以我觉得第一次来的时候屋里应该没有人。"

汤川望了望藤村，随后用指尖往上推了推眼镜。"你有没有和警察……"

"没说过。"

"为什么？"

"因为我没法自圆其说。我已经提供过当时这房间的门反锁着的证词了，在这种情况下再说觉得屋里没人，他们肯定会认为我脑子有问题。"

"倒也不至于如此，不过他们应该会觉得是你的错觉。如果处理得不好，你此前提供的所有证词可能都会被怀疑。"

"是吧！我可不愿事情闹到那种地步。所以在目前这种情况下，我不能和警方说这件事。"

"所以你就找草薙商量了？难怪他会把这件事推到我头上，毕竟那家伙是个连密室杀人案都不愿去主动思考的人。估计他对这种还不能确定是他杀，也不清楚是否有密室的问题不感兴趣。"

"我知道这么做给你添了不少麻烦，但我没有其他可以商量的人了。我也试过不去想这件事，但总是忍不住又想到。可能是我太多虑了。"

汤川淡淡一笑，合上了记事本。"好吧，我就来一边悠闲地欣赏这山中美景，一边试着思考一下好了。最近我也整日忙于论文，正好想要放松一下呢。"

"有你这句话我就放心了。反正这两天也没有其他客人，你就把这里当成是自己家好了。只不过，很抱歉这里没有温泉，但是你会尝到我们精心烹制的菜肴。"藤村站起身来，"另外，我还有一个请求。"

"什么请求？"

"请你不要告诉久仁子我找你来是为了这件事。我此前和她说，你是因为听说我辞职开店，有些担心，才来看我的。"

汤川在一瞬间露出了难以释然的表情，但随即点了点头。"听你的，我没问题。"

"不好意思，那就拜托你了。"藤村说着伸出手行了一礼。

3

藤村离开汤川的房间，回到了休息室。系着围裙的久仁子从厨房里走了出来。

"汤川先生真的要住那个房间吗？"

"你也听到了，那家伙执意如此，说什么还是住一楼安稳。当然，我已经和他说过前几天发生的案子了，但他是个彻头彻尾的科学家，根本就不在意住过那房间的人自杀了。不过这样一来倒也帮了我们的大忙，毕竟那房间今后也不能就那么空着不让人住啊。"

"话是没错……"久仁子用手指摆弄着围裙的裙角，"他是你在羽毛球社的朋友吧？"

"大学里的。那家伙当时可是社里的王牌选手呢。"

"你们最近没有怎么见过面吧？他怎么会突然想到来这里看你呢？"

"我不是跟你说过吗，他从别人那里打听到了我的情况。而且正好他手上的工作也暂告一段落，所以就想来放松一下，顺便看看我经营得怎么样。"

"嗯……他倒还是个热心人呢。"

"好奇心旺盛而已。总之不必再多想了。对了，我们还是用菜肴让他大吃一惊吧，估计那家伙觉得我们是烹饪的外行。"

久仁子微微一笑，点了点头，目光却投向了藤村身后。藤村转过头去，只见汤川站在门口，身上已经换上了登山用的防寒衣物。

"我去附近散散步。"

"要我给你带路吗？"

"我想先一个人走走。"

"这样啊，那太阳下山前要回来啊，附近都没有路灯。"

"我知道。"汤川向着久仁子行了一礼，走向玄关。

"我出去买点东西。"藤村对久仁子说道，"红酒不够了，那家伙可是个酒鬼呢。"

"那家店有高级红酒吗？"

"不用给他买太高级的，那家伙嘴上虽然总是挑三拣四，但实际上是个味觉白痴。"藤村披上外衣，拿起了车钥匙。

藤村驱车下山，在经常采购食材的超市买完东西后径直回到了民宿。当他两手各提着一个装得满满的塑料袋走进休息室的时候，汤川已经坐在吧台前的座位上喝着咖啡了。低着头洗东西的久仁子抬头看了看藤村，表情似乎不大高兴。

"你回来了。"汤川冲他说道。

"在山里散步的感觉如何啊？"藤村问道。

"感觉不错，连空气中都弥漫着香气。我明白你为什么希望能够永远住在这里了。"

"要是不介意，你就在这里住一两周好了。"

"我倒是想，可学校那边还有研究工作等着我呢。"汤川一口喝完咖啡，把杯子往吧台上一放，对久仁子说了句"承蒙款待"便离开了休息室。

"你和汤川都谈了些什么？"藤村向久仁子问道。

"他问了我一些有关案子的事。"久仁子的声音听起来有些不悦。

藤村感觉自己的脸颊抽动了一下。"他怎么问的？"

"他刨根问底追问了那天的情况，甚至连当时店里住了哪些客人都问到了。"

"连其他客人的事也问到了啊……"

"我总不能撒谎。对了，那个人为什么老盯着那件案子不放？是你跟他说了些什么吗？"

"我什么都没跟他说，他这个人好奇心旺盛，估计是知道了这里发生过案件而产生兴趣了。"

"真的只是这样吗？"

"除了这些还能有什么？你就别在意了。"藤村挤出笑容，把提在手中的塑料袋放到了吧台上，"我买了些红酒和可以用来做前菜的东西。"

"辛苦了。"久仁子微微一笑，提着塑料袋走进了厨房。

藤村脱下外套，沿着走廊走到尽头，伸手敲门。汤川在屋里回应了一声"来了"，打开了房门。

"你找久仁子问过案件的情况了？"藤村一边往里走一边问道。

"不可以吗？但没说是你找我帮忙解开密室之谜。"

"为什么要问她？如果你有什么不清楚的地方，问我就行了啊。"

"因为当时你出门了，而且多问几个人才能得到更客观的信息。如果只听一个人说会产生误解，容易钻牛角尖。"

"就算如此，你也不用连其他客人的事也打听吧。我想知道的是在房门被反锁的情况下，有没有方法进出房间。也就是说，我只想知道其中的诡计。至于当时店里都住了些什么人这类的事你就不用管了。"

汤川一脸诧异地皱起眉头,看了看站在窗旁的藤村。"你是听草薙怎么介绍,才想起来要找我帮忙的?"

"怎么介绍……那家伙说你是个能用专业知识解开不解之谜的天才。"

"专业知识啊……的确有许多案子需要靠物理知识来解释,但仅靠物理知识就能解开的谜几乎没有。自然现象姑且不论,想要解开人为产生的谜团,就必须熟知其人。案发当晚这里有些什么人这一点,对我而言极为重要。"

"那些客人与案件无关。"

"是否有关并不是由你说了算。"汤川冷冷地说道,"而且你也没有对我说实话。"

"是吗?"

"你说当时这里还有两组客人,一名男子和一对父子,但准确而言并非如此。那对父子确实是游客,那名男子却是你的亲戚,听说他叫祐介,是你的小舅子。"

藤村表情有些扭曲,叹了口气。"有什么问题吗?不管他是不是我的亲戚,他都是来我这里投宿的,没什么奇怪的吧。"

"并不是。经营者的亲戚住店这一点,是条重要信息。"

"我敢担保我小舅子和这案子毫无关系。"

"不是说过了吗,这事不是由你说了算的。"

"你听好。那天我小舅子来的时候,原口先生已经在店里住下了,而后来我小舅子一直和我们在一起,直到发现了原口先生的尸体为止。不管怎么看,他都和这案子无关。"

"你刚才这些话，我也会当作重要信息记下来。总之，如果还想解开密室之谜，就不要再对我隐瞒任何事了。"

汤川目光犀利地盯着藤村，藤村则把脸转向了另一边。

"我并不想对你隐瞒什么。如果我想隐瞒，从一开始我就不会找你商量。不过你能不能别再找久仁子问这事了？她已经因为客人离奇死亡而受到了不小的打击。"

"我会注意。"

"拜托了。"藤村没有看汤川，径直走出了房间。

4

六点，晚餐开始了。藤村和久仁子把为了这一天而准备的菜肴陆续端上了桌子。菜肴主要是意大利口味的蔬菜料理，两人都对味道充满了自信。

"竟然能够把蔬菜做得这么适合与红酒搭配，真是令人叹为观止啊。"汤川喝了一口酒，说道。

"对吧？对日本人而言，果然还是蔬菜最合口味吧？"

"藤村你的大厨风范真是令人钦佩。以前你做菜也这么好吃吗？"

"因为单身时间太长，就凭兴趣开始学着做菜了。"

"这样啊。对了，我还没问过你们两人是怎么认识的呢。"汤川来回看了看藤村和久仁子。

"也没什么好说的。当时她在上野的酒馆上班，而我正好去了那家店，仅此而已。"

"太太的老家也在东京吗？"

"呃……不是的。"久仁子略一低头，随后又抬起头看着汤川，"我和弟弟是在八王子市的孤儿院长大的。"

"啊。"汤川略一惊叹，随后又微笑着点了点头，"是这样啊。"

"他们家不幸遇上泥石流，父母双亡，当时久仁子姐弟俩和父母睡在不同的房间，所以得救了。"

"这……真是可怜啊。"

"毕竟这是天灾，没办法。对了，汤川先生结婚了吗？"久仁子问道。从表情来看，她似乎已经不再计较刚才的事了。

"总是碰不上合适的。"汤川咧嘴一笑。

"这家伙以前就常说，'不知是因结婚太早而后悔的人多，还是因结婚太晚而后悔的人多'。不过啊汤川，现在可不是说这些话的时候了，就算你现在立刻结婚，也已经是十足的晚婚人士了。"

"话虽如此，找不着合适的对象也没办法。最近我开始关注起因结婚而后悔的人多，还是因没有结婚而后悔的人多这个问题了。"

"这可不行。"

藤村脱口而出，久仁子和汤川都笑出了声。

融洽祥和的气氛因汤川问了久仁子有关她弟弟的事而骤然紧张起来。

"祐介从去年起就开始在这镇上的观光协会工作了。"被汤川问到弟弟在哪里工作时，久仁子说道。她的表情突然变得僵硬了。

"东京那边物价太高，而且就算去打工，将来也难有保障，所以我就劝他不如干脆到这里来好了。幸好他找工作的时候有人帮忙照顾了一下。"

"这倒不错。他在观光协会做什么工作呢？"

"这里最近准备筹建一座美术馆，他就过去帮忙了。"

"听说那还是一座划时代的美术馆呢。"藤村说道，"展品数量之多在国内屈指可数，其空间却不到一般美术馆的三分之一，真不知道他们究竟打算怎么样。而且据说安保系统也极为周全。"

"如果能进展顺利就好了。要是今后能凭它吸引到游客，你们这家民宿的生意也会兴隆起来呢。"

"我倒不敢有太大的奢望。"藤村脸上浮现起了苦笑。

晚饭后，藤村和久仁子忙着收拾碗筷，汤川则在休息室的一角看起了笔记本，上边有游客随意写下的感想。

"上边写了什么有趣的事吗？"藤村凑了过来。

"案子是在十一月十日发生的。这个长泽幸大就是那对父子中的儿子吧？"汤川把翻开的笔记本递了过去。

藤村看了看笔记本，上边是这样写的：

> 我玩得非常开心，饭菜的味道也很不错。澡盆很干净，一泡进水里，身体周围就会泛起许多小小的气泡来，感觉很舒服。下次我还会来的。
>
> 长泽幸大

藤村点了点头。"没错。那孩子说他读小学四年级，是个挺懂事的孩子呢。"

"他父亲的职业呢？父子俩为什么来这里投宿呢？"

听到汤川连珠炮似的问题，藤村不由得露出了不耐烦的表情。"他父亲具体是做什么的我不清楚，感觉是一般的公司职员，他们是到这里来溪钓的。我说汤川，你问这些事又有什么意义？"

"我也不清楚有没有意义，但你说过，如果我有什么想问的事就问你好了。"

"话是没错……"

"我想出去一下，你能陪我去一趟吗？"

"这么晚了还出去？"藤村睁大了眼睛。

"现在正好八点，你那天出门查看原口先生的房间不也是这个时候吗？我想在同样的状况下确认一下。"

"好吧，我陪你去。"

两人向着玄关走去。藤村拿着手电，开门走到了屋外，汤川跟在他身后。

"我听你太太说，当时发现房间处于密室状态的人，并非只有你一个。"汤川说道。

"当时我是和小舅子一起去的，就像现在这样。"

"祐介先生当时为什么会和你一起去呢？"

"也没什么特别的原因，当时祐介说他也要去，我们就一起去了。"

"嗯。"

"你对这些小事也不放过啊。"

"不这样就做不了研究工作。"

两人绕到屋子南面。汤川住的房间没有透出丝毫的光亮，如果没有藤村手里的手电筒，甚至连走路都极为困难。

"案发当晚也是这样的情形吗？"汤川问道。

"是的。"

“你当时是用手电筒检查的窗锁？”

“嗯，就像这样。”藤村用手电筒照了照玻璃窗。就像那天晚上一样，此刻玻璃窗的钩锁从内反锁着。

“以防万一我再多问一句，当时窗户确实锁着吗？你没有看错吧？”汤川问道。

藤村摇了摇头。“不可能看错，当时我和小舅子都检查过。”

“这样啊。”

“满意了吧？”

“情况我大概了解了。”

“那我们回去吧，外边挺冷的。”

回到屋里，藤村锁上了玄关的大门，汤川则拿起手电筒看了看。

“手电筒有什么问题吗？我看似乎没什么不正常啊。”

“当时你们两人去检查窗锁的时候，手电筒在谁手里？是你，还是你小舅子？”

“在我小舅子手里……有什么问题吗？”

“不，没什么问题，我随口问问。”汤川把手电筒放回了原处。

“浴室在去你房间的途中，你最好能在十一点前去泡澡。是极普通的家用澡盆，不好意思。”

“这倒没什么。”汤川一脸沉思地继续说道，“案发当晚，客人们是在什么时候泡的澡呢？从笔记本上的内容来看，那天晚上长泽幸大似乎泡过澡。”

“有什么问题吗？”

“白天的时候你说过，当时所有客人都一直和你们在一起，所以不大可能是他杀，不是吗？”

"我是说过……"

"可你们总不可能去浴室里查看，不是还有从浴室逃出去的可能吗？"

"等一下。"

"我知道你想说什么。我只是想知道准确的情况罢了。"

藤村抬头望着天花板，摇了摇头。"抱歉汤川，让你专程远道而来，真是不好意思。我向你道歉，你就把这事忘了吧，好吗？"

汤川一脸困惑地眨了眨眼。"这话什么意思？"

"是我不好，其实那房间当时根本算不上密室，和你谈过后我意识到了，所以这事还是算了吧。"

"你是说，当时屋里确实有人？"

"应该是的。抱歉，让你白白浪费了不少时间。"藤村低下了头。

"如果你自己觉得可以理解，我倒无所谓。"

"我能理解，是我自己不好。"

"是吗，但我还想问你最后一个问题：当时客人分别是什么时候去泡澡的呢？"

听到汤川的问题，藤村感觉自己的脸色难看了起来。"不是和你说了别再纠缠这些问题了吗？"

"我是出于个人兴趣问问。难道说你有什么难言之隐？"

藤村深呼吸了一下。"警方多次问过我，所以那天晚上的事我记得很清楚。在确认过原口先生的房间确实反锁着以后，首先是我小舅子去泡的澡，他只泡了十分钟左右。随后长泽父子紧接着去了，他们大概泡了三十分钟，而且浴室里一直有说话声传出。店里有客人的时候，我和久仁子是不泡澡的，只在第二天早上冲个淋浴。顺便提一句，从这里到原口先生跌落悬崖的地方走个来回需要花二十分钟，这样你心服口服了吧？"

汤川做了一个指尖在空中划过的动作。"刚才你说的话没有错吧？"

"没错，我和警察也是这么说的。"

"我知道了。那么就让我来好好泡个澡吧。"汤川说着走向走廊。

5

翌日早上，汤川简单吃过主人准备好的早餐，收拾好行李，九点时出现在了休息室里。尽管藤村说了不要住宿费，汤川还是笑着掏出了钱包。

"我已经很久没这样放松过了，而且还品尝到了如此美味的菜肴。这次旅途让我心满意足，你就收下吧。当然，该是多少就是多少。"

藤村耸了耸肩，从上学时他就见识到了汤川的顽固。

和来的时候一样，藤村开着商旅车把汤川送到了车站。

"这次真是抱歉了。"藤村在汤川下车前说道。

"没必要道歉，最近一段时间我还会再来。"

"一定要来啊。"

汤川下了车，向着站台走去。看到他的身影消失后，藤村发动了车子。

这天晚上，藤村夫妇吃晚饭的时候，祐介打来了电话。

"昨晚有个姓汤川的人在你们那里住了一夜吧？"祐介的声音听起来很爽朗。

"你怎么知道？"

"今天他到我们事务所来了。一开始我们吃惊不已，心想帝都大学的老师到我们这里来做什么，后来听说他和姐夫你同校，我就明白过来了。"

"那家伙跑去见你了吗？"

"他似乎挺想了解有关美术馆的事，我就给他大致介绍了一下。我说得不好，但他似乎一听就明白，不愧是教物理的老师啊。"

"他还跟你说其他什么了吗？"

"没有，就鼓励我要好好努力。"

"这样啊。"

"他还说最近一段时间还会再来，到时候你们能不能通知我一声？我还有话想和他说呢。"

"知道了，到时候我会通知你。"

挂断电话后，藤村对身旁一脸担心的久仁子说了汤川和祐介之间的事，毕竟这事是瞒不住的。

"汤川先生为什么要去找祐介呢？"久仁子的表情变得更加阴沉起来。

"大概是因为离发车还有一段时间，他没事可做吧。祐介说他们没有聊什么要事。"

"嗯。"久仁子点了点头，表情却依旧不快。

吃完晚饭收拾碗筷的时候，久仁子异常沉默，而且还不时停下来沉思。藤村察觉到了妻子的异样，故意装作没看见。

收拾好之后，藤村从橱柜里拿出了威士忌。

"睡前小酌一杯如何？"他故意用轻松的语调说道。

"不了……今晚还是算了吧。"久仁子轻轻地摇了摇头。

"真是少见啊，你平常不是总说晚上不喝一杯就睡不着吗？"

"今天我有些累，估计很快就能睡着。老公你自己喝吧。"

"好吧，那晚安。"

"晚安。"

久仁子离开后，藤村从厨房里拿出酒杯和冰块，喝起了威士忌。轻轻一晃，杯里的冰块便会发出叮当的声音。这声音让藤村回想起了三年前自己和久仁子相识时的情景。

那时候的久仁子在夜总会里算不上特别引人注目，虽说被客人搭话时也能灵活应对，但似乎并不擅长把气氛搞得更热烈一些。不过，她对那些难以融入气氛的客人却照顾得很周到。除了应酬以外几乎不去夜总会的藤村开始单独出入那家店，也正是因为那里有她。

自从开始私下见面后，两人的关系进展得很快，在发生过三次关系后，藤村便向久仁子求婚了。

藤村觉得久仁子没有理由拒绝，但久仁子当时的回答却让他大吃一惊，甚至令人感觉不像时下的女孩会说出的话。

她说，他们两人并不般配。

"您可不能和我这样的女人说这些话，我和藤村先生身份地位相差悬殊。现在这样就挺好，只要您愿意不时来看一看我，我就心满意足了。"

那时她才说出自己的真正身世，此前她的说法是："出生在平凡人家，最近父母相继过世了。"

藤村当然不能接受，他说成长环境之类的东西根本就无所谓，他们也不存在什么身份差别。

然而久仁子态度很坚决，甚至还说藤村和她结婚是不会幸福的。

最后久仁子改变了态度，因为藤村提出"希望能够离开东京，和你一起到山里去开家民宿"。听到藤村的话，此前一直对结婚毫无兴趣的久仁子终于说出了"这样倒也挺不错"。

不顾周遭众人的反对，藤村下定了经营民宿的决心。他原本就喜欢大自然，再加上门路又广，所以事情进展得很顺利。

久仁子也终于点头答应了他的求婚。在山里的两年里，她不但从未诉过一句苦，还说希望能一辈子留在这里。

藤村觉得自己把祐介叫来的举动并没有错，祐介一直把他当作亲哥哥，每次喝醉酒后还会不停地重复"姐夫你是我们的恩人，我们的救命恩人"。

一切原本都挺顺利，可是——藤村把酒杯放到了桌上，杯里溶化了一半的冰块发出叮当的响声。

6

接到汤川的电话时，藤村正在拔房屋周边的杂草。看到来电显示，一股不祥的预感划过他心头。

"今晚我可以去你那儿一趟吗？"汤川问道。

"可以倒是可以，你有什么事？"

"我有件东西想让你看看。"

"什么东西？"

"百闻不如一见，在电话里很难说清楚。"

"这话有些蹊跷啊。不如我去找你好了，没问题吧？"

"不，不必，还是我过去吧，如果不这么做就没有意义了。"

"到底怎么回事？"

"不是说了'百闻不如一见'吗？我七点左右到你那里，谈完事情就走，你们不必等我吃饭，也不必送我。过会儿见。"

藤村刚想说"稍等一下"，对方已经挂断了电话。

藤村静不下心来，他看了看休息室里的钟，本来打算整理一下账单，却一直无法安心核对。

七点过五分，屋外传来了汽车引擎的声音。藤村出门一看，只见门外停着一辆出租车，穿着大衣的汤川下了车。出租车熄灭了引擎，看来汤川准备让出租车等一会儿再送自己回去。

"突然打搅，真是抱歉。"汤川说道。

"我实在搞不懂你在想什么。"

"是吗？我还以为你心里已经大致有底了呢。"

"这话什么意思？"

"好了，还是进屋再谈吧。"汤川向玄关走去。

两人走进休息室，藤村冲了些咖啡。

"你太太呢？"汤川问道。

"出门了，估计九点前不会回来。"

藤村根本就没告诉久仁子汤川会来，而是找了点事让她出去，故意不让他们碰面。

"是吗。能借你家洗手间用一下吗？"

"请便。"

藤村往两只杯子里倒上咖啡，放到桌上。就在这时，他放在吧台上的手机响了，一看来电显示，是汤川打来的。

"是我。"

"我知道是你，你在洗手间里做什么？"

"不是洗手间，你到那个房间来一下。"

"什么？"

"我等你。"说完，汤川便挂断了电话。

藤村走出休息室，歪着头不解地沿着走廊走去。他敲了敲走廊深处的房门，屋里没有回音。他扭动了一下门把手，发现房门没锁，却从里边被人拴上了门链。他忽然感觉此刻的情形和当时一样。

藤村喊了声"汤川"，但屋里依旧没有任何回应。他感觉有些奇怪，转身走回玄关，拿起手电筒跑到屋外，快步绕到屋后。他用手电筒照了照，只见窗户牢牢地反锁着。

"当时的情形就像现在这样吧？"身后传来了说话声。

藤村转过身，只见汤川微笑着站在面前。

"你怎么出来的？"

"手法其实很简单，但是在给你解释前，我想问一件事情，请你说实话。"

"你的意思是我之前撒谎了？"

"或许你确实没有撒谎，但你有事瞒着我，对吧？"

藤村摇了摇头。"我不明白你在说什么。"

汤川一脸为难地皱起眉头，沉下肩，叹了口气。"没办法，那我就先说一下我的推理，如果你有什么要反驳的，就等我说完后再说吧。"

"行，我听着呢。"

"首先我要指出，你的态度从一开始就很不自然。你把一间常人并不觉得是密室的房间说成是密室，想让我来推理。的确，人类的直觉是不可小觑的，如果碰上一个从里面反锁着又没人的房间，确实会令人感觉有些奇怪和恐惧。但没有人会因此困扰，甚至还特意把老朋友找来帮忙解决这么一个算不上问题的问题。因此我想，究竟是什么原因使得你这么做呢？或许你有确凿的证据足以断定当时那房间就是密室，却又不能告诉别人。我说得对吗？"

听到汤川突然提出的问题，藤村有些狼狈。他感觉有些口干舌燥，说话前先干咳了一声。

"我倒是有话要说，不过还是过会儿再讲好了。你先接着说吧。"

汤川点了点头，继续说道："那么你认为那是间密室的根据究竟何在呢？我决定先丢下这问题，试着思考一下手法，但你的举动再次让人觉得不可思议。你虽然希望我能解开密室之谜，却又对我隐瞒案件的详细经过。这时我忽然来了灵感，觉得这件案子似乎另有隐情，或许不是自杀，而是他杀。而你也已经隐隐察觉到了这一点，却不能告诉警察，至于原因，我心里已经大致有底，但现在还是不说为好。"

"既然你都已经把话说到这个份上了，也就不必再客气了。"藤村说道，"你是想说，我不对警察说，是因为我不想指认自己的亲戚是凶手，对吧？"

"我觉得这是最为稳妥的答案。"汤川接着说道，"原口先生是祐介先生杀的吧？"

7

"你这话也说得太突然了吧？"藤村的声音听起来有些颤抖。

"是吗？至少你自己应该是这么认为的。"

"你知道我的脑子里在想什么吗？"

"如果不是这样就无法解释你的言行。不知出于什么原因，你怀疑祐介先生或许就是凶手，但这里有一个问题——你恰恰最清楚祐介先生当时有不在场证明。他来到你民宿的时候，原口先生的房间已经处于密室状态，在那以后，除了十分钟泡澡时间外，祐介先生一直和其他人在一起。虽然警方也相信了这些证词，判定本案并非故意杀人，但你一直无法释怀，于是找我来帮忙。可是你失算了，你本以为不过是要解开一个物理诡计，并不需要把案件的详细情况告诉我，但后来发现我总是缠着你太太追问不休，还提到了祐介先生。你慌了神，赶忙和我说不用解开密室之谜了，因为你觉得搞不好我会揭露出一些隐情。"

藤村感觉自己的心跳似乎加快了。"那件事你又怎么解释？我应该告诉过你，在我第二次去房间查看的时候，感觉里边似乎有人。"

"那不过是你捏造出来的罢了，你是为了埋下伏笔，以便在我解开密室诡计后还能否定此案他杀的可能性。不是吗？"

藤村看了看汤川端正清秀的脸庞，眼前的物理学家老友冷静起来令人感觉有些可恨。"我已经很清楚你的想象力有多么丰富了。你就别再兜圈子了，来解释一下密室之谜吧。"

"你对我此前的推理有什么要反驳的吗？"

"一大堆要反驳的，多到没法理清头绪的地步。但我还是先听你把话说完好了。"

"好吧。"说着，汤川走到了窗旁，"案发当天，原口先生进入房间后立刻从窗户跳了出去，或许当时他约好了与人见面，很有可能是对方指示他从窗户离开房间的。至于这一点，对方只用对他说不希望被其他人看到他们偷偷会面就行了。会面的地点，恐怕就是他跌落山崖的地方。我不清楚凶手是事先到现场埋伏，还是从他身后突袭，但要把疏忽大意的原口先生推下去并不难。"

"等一下，你的意思是说，凶手……"藤村咽了口唾沫，接着说道，"祐介来民宿前就已经把原口先生杀掉了？"

"只剩下这种可能了。杀人后来到这里，从窗户进了房间，反锁上房门，拴上门链，在动了些手脚后再从窗户离开。"

"动了些手脚？"

"倒也算不上什么大的动作，就是把一张事先准备好的照片贴到了窗锁上。"

"照片？"

"虽然现在窗户看起来是锁着的，但其实那不过是张照片。"

"胡说。"藤村用手电筒照了照窗锁，稍微动一下光源，窗锁的影子也会跟着移动，"这哪儿是什么照片嘛。"

"那你就试试开窗好了。"

"不管你怎么说，反正窗户是上了锁的……"藤村一边说一边推了一下窗户，结果一下子就被他推开了。他哑然失语，再次用手电筒照了照，窗锁依然显示着闭锁的状态。

他正准备说"到底是怎么回事"，忽然察觉到了方才看到的究竟是什么。

那是一张照片。他一直以为是窗锁的东西，其实是一张比窗锁大一圈的照片，但并非普通的照片。

"这是一张全息图。"汤川说道，"它能够将影像以三维形式记录下来，也就是所谓的立体照片。你以前没有见过？"

藤村撕下照片，用手电筒从各个角度照了照。随着光线射入的角度不同，画像时而变得模糊，时而色彩发生变化。

"这种东西，你是从哪儿……"

"是我今天在大学的实验室里做的。全息图有很多种，这是用一种名叫'李普曼全息图'的方式制成的。一般的全息图需要借助激光才能显像，但这一种图即便用手电筒的光线也能鲜活地显像。"

"你是说，祐介也做了一张同样的东西？"

"他做起来比我要容易得多，毕竟他那边的设备比较齐全。"

"这话什么意思？"

"你和我说过美术馆的事，展品数量之多在国内屈指可数，其空间却不到一般美术馆的三分之一，而且据说安保系统也极为周全。在听到这事的时候，我就想他们用的或许是全息图。这种把贵重的美术品制成全息图展示的方式，近来已经开始受到了世人的瞩目。既然只是一张照片，那么也就不需要有多大的空间，而且还不必担心被盗。又因为照片和实物看上去几乎没什么差别，参观的客人也不会有什么不满，这完全就是一举多得。因此，我就去和祐介先生见了一面，问了一些详细的情况，他也耐心地告诉了我不少东西，确实是个朝气蓬勃的年轻人。他当时估计做梦都没有想到，我这么做是为了解开密室之谜吧。一想到这一点，就不禁有些难受。"

藤村再次看了看手里的全息图。明知是张照片，但依旧有一种手上拿着窗锁的错觉。

"要让全息图看起来更真实需要具备几个条件，其中最重要的就是周围不能有多余的光线。因此，在漆黑的环境中用手电筒照射正是最理想的条件，而且光线射入的角度也很重要，所以当时手电筒在祐介先生手里。"

"……是这么回事啊。"

"而你当时没法开窗，估计是因为他用了棍子之类的东西卡在了窗框上。如此一来，密室的机关也就全部完成了。"

"可后来我又发现窗户开了啊，这究竟是……"话说到一半，藤村自己找到了答案，"是祐介在去泡澡的那十分钟里做的吗？"

"从浴室的窗户跳出去，取下卡在窗框上的棍子，收回全息图，十分钟应该绰绰有余了。他没有时间泡澡，所以只冲了个淋浴就出来了。"

"你怎么连这些也知道？"

"那天夜里住在这里的长泽幸大小朋友不是在笔记上写了吗，说是泡澡的时候有许多小气泡围在身体旁，感觉很舒服。水中溶有空气，水温越低，水里的空气也就越多，现今这季节水较冷，所以水中溶有大量空气。将水加热后，此前溶在水中的空气就会变成气泡冒出来，这种现象被称为'过饱和'。刚进入澡盆时，身体周围会冒出许多气泡，那是因为好不容易才溶到水里的空气受到了外界的刺激，一下子全都冒了出来。我刚看到那段笔记的时候没想这么多，后来听你说完后觉得有些不对劲。如果祐介先生先于长泽幸大小朋友泡过澡，过饱和状态应该早已结束，而不会在小朋友泡澡时产生那么多气泡。"

听完汤川不带任何起伏的述说后，藤村微微一笑，他是在自嘲，当初根本就不该找眼前这个人来解密室之谜。

"你还有什么要反驳的吗？"汤川问道。

藤村摇了摇头，他现在身心俱疲，连摇头都很难。"佩服，真是完美。没想到你能剖析到如此地步。"

"事先说明，我手中并没有任何证据，也有可能只是空想。"

"不，或许你的推理是正确的，如此一来我也就确信了。我会劝他们去自首。"

"他们……你太太和祐介先生吗？"

藤村点了点头。"我无意中听到了他们在电话里商量这件事。准确来说，我当时只听到久仁子说'原口要到这里来了，怎么办'这句话，但光是听到这一句，我就大致明白是怎么回事了，估计是久仁子以前一个姓原口的客人来找麻烦了。"

"以前的客人？是上野那家酒馆吗？"

"不。久仁子年轻的时候曾经同时与多名男子交往，从他们那里弄过些钱，直截了当地说，就是出卖肉体。无依无靠的年轻女子要养活年幼的弟弟，不难想象她当时根本就没有任何选择余地。而我说的以前的客人指的就是那些人了。久仁子并不知道，其实我早就知道她的过去了。"

"你是怎么知道的呢？"

"好事之人无处不在。是以前和久仁子一起坐过台的女招待悄悄告诉我的，而久仁子当时被几个男人缠着不放的事也是她说的。"

"莫非你辞职离开东京这事……"

"久仁子怕把我也牵扯进去，曾经无法下定决心和我结婚，所以我就想或许离开东京她就会放心了。不过开一家民宿也一直是我的梦想。"

汤川的表情变得消沉了起来，低下了头。

"原口先生从房间里消失后一直没回来，当时我就有种直觉，认为或许是他们俩把原口先生杀掉了。我想过告诉警察，但实在是做不到。我希望他们俩能去自首，而且我心里还对这事有些怀疑。"

"是那间密室吗？"

"没错。支撑着祐介不在场证明的就是那间密室，而我自己就是证人。老实说，我当时曾经为应该怎样看待这件事而烦恼过。但现在我看开了，不再有任何疑惑，他们俩就是凶手。"

"他们为什么要这么做呢？"

"估计是久仁子遭到了原口的威胁，比如'不想让人知道你的过去就拿钱来'之类的话。我对你说过，原口生前债台高筑，或许久仁子已经被他勒索过多次了。"

汤川一脸痛苦地皱起了眉头。"倒也有这种可能，杀人动机可以理解。"

"即便如此，杀人也是不行的。"藤村斩钉截铁地说道，"我会和他们俩好好谈谈，告诉他们我会等着，一直到他们刑满释放。"

汤川绷紧嘴唇点了点头，又看了看表。"我差不多该走了。"

"哦……"

两人回到了出租车停靠的地方。坐到车后座上，汤川隔着车窗抬头看了看藤村。

"我还会来的，和草薙一起。"

"两个大男人吗？感觉怪恶心的啊。"

"草薙有个女部下，个性极强，到时候我也会邀她一起。"

"那就令人期待了。"

"下次见。"汤川说着关上了车窗。

藤村目送着出租车渐渐远去。车尾灯消失在黑暗中后，他回到家里。

走进厨房，从橱柜里拿出红酒，这是久仁子最喜爱的牌子。藤村把酒瓶和两个杯子放在托盘上，回到休息室，用开瓶器拔开瓶塞，往一个酒杯里倒上了酒。

就在这时，门外传来了汽车引擎的声音。久仁子开着商旅车回来了。

藤村往另一个酒杯里也倒上了红酒。

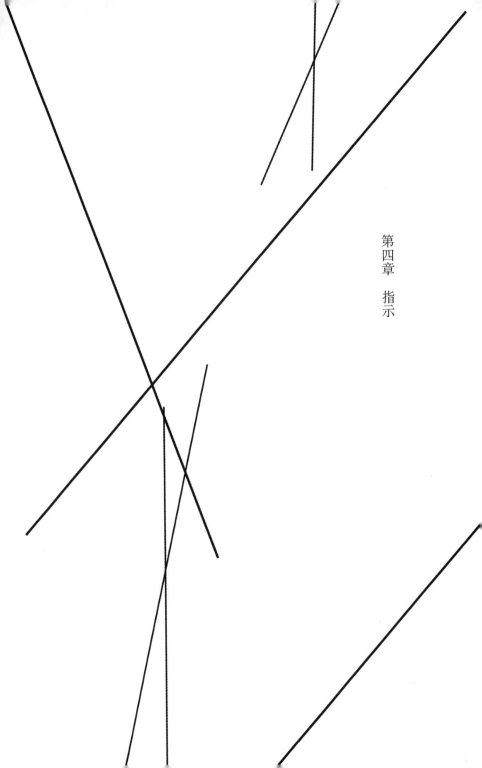

第四章　指示

1

当电话打来的时候，叶月已经大致猜到堀部浩介找她有什么事了。尽管心里早已想好了怎样回答，她还是决定等对方先把话说完。如果贸然断定，不但显得自己傻乎乎的，而且对猜想的设问回答一句"什么？"似乎也有些不太庄重。

堀部指定的地点是车站旁的一家快餐店。叶月觉得如果只是聊聊天，那么坐公园的长凳就行，但她不能说出口。约定四点见面后，叶月挂断了电话。

叶月在三点五十五分来到车站前，走进了一家便利店。从便利店能够清楚地看到约好会面的那家快餐店，她一边装作翻阅杂志，一边观察着快餐店的情形。

没过多久，堀部浩介出现了。他身形瘦弱，仪态不佳，但叶月却很喜欢他那种略带疲倦感的走姿。虽然平日看起来懒洋洋的，但到了赛场上他的双腿就会如同注入活力般强健有力地奔跑起来——或许这种反差就是叶月喜欢他的原因。堀部比叶月高一个年级，两人同属足球部，叶月是部里的经理。就在前几天，堀部迎来了他的初中毕业典礼。

堀部走进快餐店五分钟后，叶月离开便利店，也走了进去。

堀部正坐在靠窗的座位上喝着冰奶咖，看到叶月走过来，他的脸上露出了一丝略显羞涩的笑容。

"不喝点什么吗？"看到叶月坐下身来，他问道。

"我现在不渴。"叶月不能把舍不得花钱的心里话说出来，而也正是为了不点东西，她才故意比堀部晚到。

"突然把你叫出来，真是抱歉。你不会已经和人有约了吧？"

"没关系。学长最近都在做些什么呢？"

"这个嘛……什么都没做。要是自己升了高中还继续这个样子，那可就麻烦了。"堀部边说边拨弄着额发，这是他紧张时的习惯性动作。

两人漫无边际地聊了些足球部的事。堀部不停地舔着嘴唇，拨弄着头发。虽然在和叶月有问有答地聊着，但一眼就能看出他有点心不在焉。

没过多久，他如同下定了决心一般挺直脊背，两眼望着叶月。"对了，今天把你约出来是有些话想问你。"他移开视线，接着说道，"真濑，你有男朋友了吗？"

正如叶月所料。她摇了摇头，小声地回答了一句"还没有"。

堀部听到她的回答，悬着的心似乎放下了。"那你愿意和我交往吗？"

提问听起来有些生硬，但还是让叶月感到心头一热。她的心开始怦怦直跳。

"不行吗？你已经有喜欢的人了？"

"不是的。"

"那你愿意答应我吗？"

叶月深呼吸了一下，抬头看着他。"我必须马上回答吗？"

"倒也不是，可为什么不能马上回答呢？我想尽快知道答案。"

"我想稍微考虑一下……可以吗？"

"好吧。那你什么时候能给我答复呢？"

"想好之后我立刻给你打电话，估计就在今天。"

"那我就等你的好消息了。"

叶月只得微微一笑，但她能感觉到，这笑容僵硬而生涩。

和堀部道过别，叶月回到了和母亲共同生活的公寓。开门进屋，随后把门反锁，这已经成了她的习惯。

这个小家除了兼作餐厅的厨房外只剩一间和室，但叶月从未有过丝毫不满，她比任何人都清楚母亲贵美子有多么不容易。和室里放着一张小小的折叠式桌子，叶月在桌前坐下，拿起钱包，从中取出一颗指尖大小的水晶。水晶的一端尖尖的，另一端拴着一条约十厘米长的链子。她用指尖捻起链子的一端，整颗水晶便倒悬了下来。

静下心来，闭上眼睛。可以问一问吗——她在心里低声说道。

她慢慢睁开眼睛，看着此前一直静止不动的水晶如同钟摆般左右摆动，再渐渐停下来。水晶在她眼前呈逆时针方向转动着，而这对她而言代表着肯定。

她伸手令水晶停止摆动，深呼吸了一下，两眼望着水晶，再次闭上了眼睛。而这一次她要问的是，自己该不该和堀部浩介交往。

指尖感觉到水晶已经转动起来后，她睁开了眼睛。看到水晶的转向时，她叹了口气。

大约五分钟后，她拨通了堀部浩介的手机。"喂？我是真濑，我想好了。学长的心意令我十分开心，但我还要考试，所以我想还是算了吧……对不起，这事已经决定了。学长一直很受欢迎，一定很快就能找到合适的女孩的……对不起，真的不行。就这样吧。"一口气说完后，叶月挂断了电话。

2

破旧的木结构建筑之间，夹着一条只能单向通行的狭窄小路，两侧的人家都散发出一种昭和①时代的感觉。

这些人家当中，坐落着一户显眼的大宅子。大门看上去很气派，围墙内还有种了花木的庭院。

鉴定科的人进进出出，薰站到不会妨碍他们工作的地方翻开记事本，草薙则拿着便携式烟灰缸在一旁吸烟。

"被害人是居住在这里的野平加世子女士，七十五岁。当时她被儿子一家发现倒在一楼和室里，脖子上有条像是被人从身后用绳索勒过的痕迹，目前还没有发现凶器。她的儿子、儿媳和孙子一周前去夏威夷旅行，据说今天傍晚才回来。"薰看着记录说道继续，"她儿子最后一次和她通话是在三天前的早上十点左右——这里说的是日本时间。随后她儿子在离开檀香山前又打了一次电话回来，却没有接通，他有些担心。目前还没有调查到更详细的情况，但从尸体

①日本第 124 代天皇裕仁在位期间使用的年号，时间为 1926 年 12 月 25 日至 1989 年 1 月 7 日。

的状况来看,被害人已经死了至少两天。据野平加世子女士的家人说,只有尸体所在的那个房间被人翻找过,其他房间并没有凶手进去过的痕迹。和室的柜子和佛坛被人动过。"

"估计凶手事先知道被害人儿子一家要去夏威夷旅行,才专门选这时候作案的吧?"岸谷向草薙问道。

"这种可能性很大,不过如果是惯偷,只须从屋外看一下就立即能判断出只有一个老太太看家。"

薰回望了前辈一眼。"可如果是惯偷流窜作案,存在几个疑点。"

"什么疑点?"

"儿子一家说回到家时,玄关的大门是锁着的。窗户和玻璃门都从内反锁着,所以出口只有一个,那就是玄关。可见玄关大门应该是被凶手锁上的,家门钥匙也确实不见了。如果是流窜作案,凶手首先考虑的难道不是尽快逃离现场吗?"

"如果是一般盗窃犯或许确实如此,但这次可能是个例外。毕竟杀了人,或许凶手想尽可能拖延尸体被发现的时间吧。"

"确实有这种可能,但除此之外还有一些疑点。"

"有吗?那你就快点说吧。"

"刚才说凶手曾在柜子和佛坛翻动过,柜子里以被害人名义开的存折还有宝石和金银首饰之类的东西全被拿走了,好在被害人的印章保存在其他地方,所以凶手取不走存折里的钱。不过,藏在佛坛里重达十公斤的金条不见了。"

"你说什么?"草薙一脸惊诧,"佛坛里怎么会有那种东西?"

"据被害人的儿子说,被害人的丈夫生前留下一笔财产,但担心如果全都委托银行保管,万一有个什么不测就麻烦了,所以就把财产的一部分换成了黄金。"

"十公斤黄金值多少钱？"草薙问岸谷。

"不清楚。"岸谷歪着头说道。

"我已经查过了，现在一克黄金的市价是三千多日元，十公斤应该值三千多万日元。"

听了薰的回答，草薙吹了声口哨。

"据被害人的儿子说，佛坛里原本存放着十根金条，而且全放在一眼无法看到的隐秘处。"

"隐秘处？"

"就在佛坛的抽屉背后。把抽屉拉开后，滑动一下后边的隔板才能看到。佛坛里共有四个这样的抽屉，金条也是分开存放的，可最后还是都被盗了。存放金条的地方十分隐秘，如果不是知情者估计看不出来。"

听着薰的述说，草薙的表情渐渐发生了变化，嘴角浮现着笑容，目光却犀利了起来。

"这样啊，凶手不但认识被害人，而且连她的财产存放于何处都了如指掌啊。这可有意思了。"说着，他伸手抠了抠鼻翼。

"此外还有一个疑点。"

听到薰的话，草薙撇了撇嘴。"怎么还有啊？"

"家里的狗不见了。不过目前还不清楚这一点与本案是否有关。"

"狗？"

"据说院子里曾养有一条黑狗，有甲斐犬的血统，如果有不认识的人从门口走过，它就会叫个不停。现在那条狗不见了。"

薰从门口向玄关望了一眼，只见门外有个小狗屋，青色屋顶下的洞口处用记号笔写着"小黑的家"。

"据说那条狗平日就是拴在那里的。"

3

发现尸体的第二天，警方获得一条目击线索：推定案发当日的白天，有一名女子隔着围墙窥探过野平家。据目击者说，那名女子大约四十岁，身穿西装，看上去像推销员。

警方从野平加世子的房间里找出了许多保险单据，都出自同一家保险事务所，且都是由一个名叫真濑贵美子的女职员负责的。警方立刻找来贵美子的照片让目击者看，确认正是当天那名女子。

薰和草薙立刻去找贵美子，到她上班的地方一问，得知她已经回家了，于是两人当即前往。

真濑贵美子居住的公寓坐落于距离野平家徒步十五分钟的地方，为一室一厅。进入玄关后，眼前的餐厅自不用说，就连里面的和室也一览无余。薰二人隔着餐厅的桌子和贵美子相对而坐。

里边的房间里，一名初中生模样的女孩正在看电视。据贵美子说，自从三年前丈夫去世后，母女二人便一直相依为命。

贵美子长相端正，略显消瘦，虽然有用化妆品掩盖肤色的痕迹，但依旧韵味十足。尽管贵美子已经四十一岁，但薰估计还是有些客户是冲着她的长相才在合同上盖章的。

贵美子并不知道野平加世子已死之事，听到消息后似乎大受打击，虽然这反应有可能是装出来的。本就不好的脸色变得更加苍白，眼睛也开始充血泛红。薰想，如果是在演戏，演得也太逼真了。不过她过去也见到过演技如此逼真的罪犯。

贵美子承认那天去过野平家，说是去为野平加世子解释其参保的个人养老金项目。她在下午三点多到达野平家，四点左右离开。

"有人说您当时曾经在围墙外窥探过野平女士的住宅？"

听到草薙的询问，贵美子"嗯"了一声，点了点头。"因为我事先并没有联系过野平太太，所以就在外边确认一下她是否在家。"

"隔着围墙吗？要确认对方是否在家，应该去按门铃才对吧？"

"这我知道。后来我也按了门铃，不过因为不想靠近她家的大门，才朝里边窥探了一下。"

"您为什么不想靠近她家大门呢？"

"这个嘛……因为她家养着一条名叫小黑、叫得很凶的狗，只要有人靠近她家大门，那条狗就会叫个不停。我这人挺怕狗的，每次出入她家都得下很大的决心。"

"是这么回事啊。那天小黑是否冲您叫了呢？"

"当然叫了。"

"您回去的时候它也叫了吗？"

"对。"贵美子点了点头，一脸诧异地望着草薙，"那条小黑有什么问题吗？"

草薙瞟了薰一眼，又把目光转回到贵美子身上。"案发后小黑就失踪了。"

"哎？是吗？"贵美子睁大了眼睛。

"您是否知道些什么呢？从目前的情况来看，您应该是最后一个看到小黑的人。"

"就算是这样……"贵美子一脸困惑地歪起了头。

"那我们换一个问题吧。您是否见过野平女士家的佛坛呢？"

"见过。"

"她是否和您提过佛坛里放有什么东西？"

贵美子在一瞬间露出了迷惑的表情，但也不能排除她是在演戏的可能。"您是说金条的事吗？"她说道。

"是的。您果然知道佛坛里的隐秘机关啊。"

"她让我看过。难道里面的金条被偷走了？"

草薙并没有回答，反问道："还有人知道那个隐秘机关吗？"

她歪着头说道："这我就不清楚了。"

"这样啊。最后一个问题，您能告诉我们离开野平女士家后都去了哪里吗？如果可以，越详细越好。"

贵美子皱起了眉头，或许已经察觉草薙是在询问她的不在场证明。"随后我去拜访了几位老主顾，然后就回事务所了，当时应该是七点左右。接着我去买了些东西就回家了，到家时大约八点。"

"然后呢？"

"然后我就一直在家。"

"就您一个人吗？"

"不，我女儿也在。"真濑贵美子稍稍侧身扭了扭头。

少女依旧在和室里看电视，从侧面能够看到她白皙的脸颊。

草薙点了点头。"真濑女士，我们有个请求。能让我们看看您家吗？"

贵美子的脸色阴沉了下来。"搜家吗？为什么？"

"不好意思，我们每到一户人家去走访调查的时候都会提出这个请求，很快就会结束。如果您不愿让男人碰家里的东西，那就让内海来好了。不知您意下如何？”

贵美子一脸困惑的表情，但还是不大情愿地点了点头。"既然如此，那也就没办法了。请吧。"

薰说了句"抱歉"，站起身来，从衣兜里掏出手套。

她先从餐厅着手，目的自然是查看家中是否藏有金条之类的东西。他们没有搜查令，无法进行彻底搜查，但这么狭窄的房间也没多少可搜的地方。

仔细搜查过后，薰并没有发现金条，却了解到这对母女的生活有多么窘迫：家里只有维持基本生活所需的电器，而且每一件电器都有些年头了；冰箱里的东西极少，似乎并没有把食物冷藏或者冷冻起来的习惯；衣服没有一件是最近流行的样式；更令人吃惊的是，连书架上的参考书都是别人用过的旧书，因为有一部分书上记着年份，一看便知。

检查完衣柜后，薰朝草薙点了点头。

"感谢您的协助，今后我们或许还会再来询问相关情况，届时也请多多关照。"说着，草薙站起身来向贵美子行了一礼。

两人离开公寓刚走出一段距离，草薙问薰："你怎么看？"

"我觉得她不可能行凶，至少应该不是那种会为了钱而杀人的人。"

"你为什么会这么想？"

"因为我了解到了她们的生活状态。如果她是一个会轻易走上犯罪道路的人，应该忍受不了那种生活。当今这世道，除了她们之外，我真不知道还有谁会把用剩下的香皂碎片塞进装橘子的网兜里继续使用。"

"可有时候人会鬼迷心窍吧？"

"前辈您觉得她很可疑吗？"

"我也说不清。感觉一看到她们那样的母女，就很难冷静判断了。"

"那样的母女？"

"相依为命、坚强生活着的母女——不过都无所谓了，快走吧。"

草薙突然加快步伐，薰赶忙追上。

4

"是吗，果然也到事务所去了啊……嗯，他们刚走，还问了我的不在场证明……这倒不清楚，或许还在怀疑吧，而且后来还说要搜一下家里……对，连衣柜都细细搜过了……这个嘛，动手搜查的是个女刑警，所以没事的……嗯，是啊，或许还是这样比较好些。我知道了，那就明天见了。"

挂断电话后，贵美子冲着叶月苦笑了一下。

"碓井叔叔？"叶月问道。

"对，说是我回家后，警察还去了事务所，似乎还查了我的办公桌和锁柜。估计是在找被盗的金条吧。"

"他们真傻，不管我们多穷也不可能会做出那种事来啊。"叶月的语气不由得尖锐了起来。警察搜家的时候她就一直愤愤不平。

"不过这也是因为我那天正巧去了她家，遭人怀疑也没有办法，而且知道她家佛坛里那机关的也没几个人。"

"但不是只有妈妈你一个人知道野平奶奶家佛坛里藏着金子啊，我不是也知道吗？"

"你就少说两句吧。不过今后的事可就麻烦了，不知道他们家会在什么时候办丧事，而且还得替野平太太办理保险金的手续。"贵美子看了看挂在墙上的日历，两手支在桌面上，托起了腮。

叶月心想，如今都被警方当成嫌疑人对待了，哪儿还有闲工夫替被害人担心葬礼和保险金的事。但其实这种脆弱的外表下的糊涂劲儿正是贵美子的优点所在，如果没有这一点，她或许根本没法挨过此前的种种困境。

叶月的父亲死于自杀，当时他用蜂窝煤让自己一氧化碳中毒结了生命，原因是经营的公司倒闭，庞大的债务令他痛苦不堪。

失去了家里的支柱，母女二人悲苦不已，却不能终日以泪洗面。贵美子托熟人找到了现在这份工作，在结婚前她就干过保险这一行。

"碓井叔叔挺担心的吧？"

"这倒是。警察突然上门，不管是谁都会大吃一惊吧。他说暂时还是不过来了，我也觉得这样比较好，因为现在这个样子或许会给他添麻烦的。"

贵美子已经很久没有说过"他"这个字了。叶月心想，或许现在反而正是母亲最需要碓井的时候。

碓井俊和是贵美子的上司，在她刚开始上班的时候，碓井给过她各种各样的关照。而如今"如果没有碓井先生，或许我就无法成为职业女性了"这句话已经成了贵美子的口头禅。

叶月也早已察觉到了贵美子和碓井之间的特殊关系。碓井离过婚，没有孩子。叶月暗自决定，如果二人有意结婚，她不会反对。

每当想起母亲以前受的苦，她就觉得母亲有资格获得一个女人该有的幸福。

近来碓井每周会到家里来一次，当然他不会在这里过夜，只是带来一些罐装啤酒，边喝边和贵美子母女聊天。叶月猜测碓井这样做是在为再婚做准备。

"那条狗为什么会不见了呢？"叶月喃喃道。

"你说什么？"

"警察不是说野平奶奶家养的那条狗不见了吗？我也见过那条黑狗。"

"嗯。"贵美子点了点头，"也不知为什么，那条狗一直挺凶的，可一到紧要关头就不见了，真是白养了呢。"

叶月一脸疑惑地看着母亲。"妈妈不觉得奇怪吗？"

"怎么？哪里怪了？"

"狗突然不见了，与此同时强盗闯进了家里，怎么可能有这么巧的事？"

"那你觉得是怎么回事呢？"

"明摆着是凶手把狗带走了。"

"把狗带走了？"

"嗯。"

"为什么？"

"因为……"

叶月话说了一半就咽了回去。垂挂在她手下方的水晶吊坠摆动了起来。

5

案发已经三天了，调查依旧没有丝毫进展，真濑贵美子仍是嫌疑最大的人。据调查，她身负数百万债务，全是已故的丈夫留下来的。如果把那些金条变卖掉，就能轻而易举地偿清债务了。

然而警方并未发现任何足以定罪的证据，侦查员们脸上渐渐露出了焦虑的神色。

太阳住宅区 205 室的房门没有上锁，门口只有一双鞋子。薰走进屋里，只见岸谷领带松开着，衬衫衣袖卷了起来，一脸疲倦地坐在那里。

"这是买来犒劳你的。"薰把便利店的袋子往地上一放。

"啊，多谢。"

"真濑贵美子上班了？"

"嗯，牧村已经跟去了，真是帮了我大忙。毕竟是保险推销员，要跟踪她可不容易。"

"她女儿在屋里？"

"是的。现在正值春假，估计还在睡觉吧。"

如果真濑贵美子就是凶手，那么最大的谜团就是她把偷来的金条藏到了哪里。除了家之外，只有上班的地方了，如今警方也已经在那边展开搜查了。

侦查员们一致认为，如果她把东西临时藏到投币式储物柜之类不会引起他人注意的地方，估计不会保存太长时间，因为如果拖延下去有可能会被其他人发现，至少她会频繁地去确认。

　　但在目前这种情况下，即便贵美子真的是凶手，她应该也不会有任何行动。大多数侦查员认为，如果要到藏匿金条的地方确认，由她女儿叶月出面的可能性要更高一些。

　　"听说了没？真濑贵美子似乎有个男人。"岸谷从塑料袋里拿出饭团，一边撕着保鲜膜，一边说道。

　　"是个怎样的人呢？"

　　"这一点似乎还没有查清，只是听贵美子的邻居说常常看到那男人去她家，看上去像是个工薪族——"岸谷站起身来，看了看窗外。

　　真濑母女俩住的那间公寓的门开了。身穿夹克衫和牛仔裤的叶月从屋里走了出来，一边下楼一边留意着周围的动静。

　　"我去吧。"薰背起包，站起身来。

　　"她们见过你，你可要当心点儿啊。"

　　"我知道。"

　　薰匆匆走出房间，在准备走上大路的时候又连忙躲到了公寓后，因为她看到真濑叶月在路旁蹲了下来。

　　薰在阴影后暗中观察，没过多久，叶月便起身匆匆走开了。薰赶忙跟了上去。

　　随后叶月的行动实在令人费解，她每走几十米就会突然蹲下身来，稍过一会儿又再次向前走去。她蹲下身的时候似乎做了些什么，但从薰所处的位置无法看清。

　　就这样过了约莫一个小时，不知不觉间两人来到一处极为僻静的地方。周围没有民宅，只有一些用途不明的小屋和仓库，抬头可以看到上方铺设有高速公路，路边则堆着许多违规丢弃的家用电器。

叶月的脚步慢了下来，她把目光投向了那些路旁的废弃物。她突然停下脚步，缓缓向着那些废弃物走去。紧接着，她向后退了一大步，伸手捂住了嘴，如同冻住了一样站在原地不动。

　　薰有些不知所措，看样子叶月似乎发现了什么。原本薰可以等叶月离开后再去查看，但她加快脚步，向着叶月跑了过去。

　　叶月似乎察觉到了脚步声，转头看到薰，睁大了眼睛，朝着相反的方向跑了起来。

　　"等一下！"

　　听到薰的叫声，叶月停下了脚步。看到叶月站住后，薰看了看叶月此前看的地方，只见那里扔着一些电视机和录像机。自实施了家电回收法后，在郊区违规丢弃家用电器的行为就一直有增无减。

　　薰看到一台坏掉的洗衣机，刚要走近，就听到叶月大喊："别看那边！"

　　薰望了叶月一眼，只见她双拳紧握。

　　"你还是别看为好……"

　　"没事的。"薰冲她点了点头，走近那台开着盖子的滚桶式洗衣机。

　　一开始薰并没有看清里边的东西，还以为是条脏毛毯，但当她看到那东西上面不光沾着湿漉漉的液体，黑色的毛还闪闪发光时，心中便有了答案。仔细一看，那东西上边似乎还有个项圈一样的东西。

　　薰掏出手机，忍受着从洗衣机里散发出来的恶臭，拨通了草薙的电话。

　　草薙带着野平加世子的儿子和鉴定科的同事一起来到了现场。看到那具被人扔进洗衣机的狗尸后，野平便说那条狗正是小黑。

"你们是否曾经带狗到这附近散过步呢？"

听到草薙的询问，野平摇了摇头。"没来过，散步路线完全相反。"

草薙点了点头，走到薰身旁。"找那小姑娘问过话了没有？"

"问过了……"薰支支吾吾，"但她的回答有些让人不大明白。"

"怎么回事？"

薰把草薙带到了正坐在巡逻车里轻声啜泣的叶月面前。

"能让我们再看看刚才那个东西吗？"薰说道。

叶月略带犹豫地把手伸进了夹克的衣兜，掏出一条一端挂着一颗水晶的链子。

"这是什么？"草薙问道。

叶月一言不发。

无奈之下，薰只得开口解释道："叶月说这是一条能够告诉她真相的链子，还说她就是向这条链子询问了失踪的狗的去向，才一路走到这里。"

6

敲响房门后，屋里传来一声冷淡的"请进"。薰说了声"打搅了"，推开房门。屋里漆黑一片，所以她并没有立刻走进去。

"抱歉，请把门关上好吗？如果有光进来就不好观测了。"屋里传来了汤川的声音。

"啊，对不起。"薰关上房门，一边定睛查看前路一边缓缓前进。

汤川穿着白大褂站在工作台旁，工作台上方悬浮着一些白色的东西，散发着光芒，聚集成一堆发光小点。

汤川操作了一下装置，那些浮在空中的东西随即开始变形，不久化为可以看清的东西，令薰不禁"啊"了一声。

"你看它像什么？"汤川问道。

薰咽了咽唾沫，开口说道："校徽，像帝都大学的校徽。"

"好，既然连事先一无所知的你也觉得像，那就没问题了。"接着汤川又按了几下装置的开关，浮在空中的文字又变成了两个相互交叠的圆。

"这到底是怎么回事？这东西怎么会浮在半空中？"

"与其说浮在空中，不如说是在空中绘出图形写出文字更贴切些。空气由氧气和氮气组成，你现在看到的情景是用激光致使这些分子带电而形成的。通过使用高性能的脉冲激光设备，使它们在一秒钟内产生近千个光点，就可以使其排列成想要的组合了。"

薰半张着嘴呆呆地望着空中的图形。尽管她完全听不懂汤川的解释，却也明白这技术非常先进。

"以前的影像技术必须要有承载画面的显示器或者荧光屏，但如果采用了这种方式，显示器就不再是必需品了。这种技术能在任何空间中描绘出影像，或许将来还会应用到立体电视上。"

"真是厉害的发明啊。"

"很遗憾，这技术并非由我发明，我们研究室只是尝试着再现了一下这种目前正在不断成型的技术罢了。"

"老师您也会去模仿他人吗？"

"你可别小看了模仿。总而言之，先模仿他人，再从中踏出属于自己的一步，这是研究的理论所在。"汤川关闭了装置电源，按开墙上的开关，"好了，你有什么事要说？似乎和探测术有关？"

"是的。抱歉，在您百忙之中还来打搅您。"

"没什么，老实说我自己对这件事也挺感兴趣的。我先冲点咖啡。"汤川脱下白大褂，走到了水槽旁。

汤川坐在椅子上啜了一口速溶咖啡后，长长地舒了口气。他左右甩了甩头，舒缓了一下酸痛的肩膀，用空着的一只手扶了扶眼镜。

"也就是说，那个初中生希望能想点办法替母亲洗清嫌疑，于是去找那条失踪了的狗，希望能够借此查明真凶究竟是谁？"

薰点了点头。"因为狗不见了这一点是本案中的关键疑点，她有那种想法理所当然，只是没想到她竟然真的找到了……"

"据说用的是灵摆？她具体是怎么做？"

"像我在电话里和您说的一样，是条一端拴有水晶的链子。她用指尖挂住链子，询问该往哪里走才能找到那条狗，是左是右、是南是北之类。链子会回答她是或者否。"

"你说你当时看到了她的样子？"

"看到了。每次走到岔路口时，她就会蹲下身来做些什么，但我做梦都没想到她竟然是在向灵摆询问。"

汤川把马克杯放到了工作台上。"确实是探测术。一般用的是两根弯曲成 L 形的金属棒，但我也听说过有用灵摆的方法。"

薰不解地歪起了头。"那么这东西有何科学解释呢？我在网上查了查，还是不太明白。这种方法似乎在挖井的时候被使用过，但也有文章将其称为'伪科学'。可同时我又看到一些下水道管理局用探测术查探废弃破旧水管的报道。"

汤川脸上浮现起了苦笑。"因为探测术也和其他超能力一样，是个无法反证的问题啊。"

"这话是什么意思？"

"一直以来，科学家曾经多次对探测术进行过验证性实验。即便进入二十一世纪，依旧有人在尝试着去证明它。从结论上来看，从未有过证实了其效果的例子。这些寻找地下埋藏物或者探测哪个箱子中有东西的简单实验都没能得出过有效的结果。简而言之，其结果与不用探测术胡猜一气并没有太大的区别。"

"如此说来，果然是蒙人的东西啊。"

"这种问题的难点就在于无法下定论。虽然在特定的实验中差异无统计学意义，但也不能就此全盘否定探测术这种说法。因为或许实验方法本身有误，或者探测师本人能力不足甚至根本就是个骗子。而这就是所谓的无法反证。"

"听汤川老师这么一说，想来您并不相信探测术这种说法吧？"

物理学家一脸不快地皱起了眉。"'并不相信'这种表达令人意外。从我个人的角度而言，只要是在公正的条件下得出的实验结果，不管内容如何不可思议，我都做好了相信并接受的准备。但目前并没有出现过这类结果，所以我无法置评。"

"那么您觉得这次的案子又如何？真濑叶月确实用探测术找到了狗的尸体。"

汤川盯着薰说道："你又是怎么看的呢？你相信那女孩说的话吗？"

"这个嘛……我也说不清楚。毕竟事情就发生在我眼前，所以我很想去相信，但同时又有些怀疑，觉得难以置信。"

“发现了那条狗的尸体，对调查产生了影响吗？”

“有些……不，应该说影响很大。”

对狗的尸体解剖后，警方检测出了有毒物质，是一种农药，似乎是被人混在狗粮中喂狗吃下去的。

“从体内发现了毒素啊，如此一来此事与杀人案并非全无关系了。稳妥的观点是将狗毒杀并将其尸体处理掉的人就是凶手。那条狗的体重是多少？”

“大约十二公斤。”

“记得你说过被盗的金条重达十公斤，那加起来就有二十二公斤，如果要让一个女人来搬运，需要有辆手推车。”

“您说得没错。就算凶手能把重达十公斤的金条藏到包里，也无法把一条十二公斤重的甲斐犬藏起来。凶手应该是开了车。”

“那个保险推销员有车吗？”

“没有。我们也到租车行问过了，目前还没有发现她租过车的记录。”

“原来如此。看来你们确实因为发现了狗尸而焦头烂额了啊。”汤川一脸愉悦地微笑着，“对了，凶手又为何要把狗尸藏起来呢？”

“这一点还不清楚。目前能想到的是，凶手怕警方从狗尸上检测出毒药。”

“你的意思是说，凶手怕留下物证？既然如此，那么他从一开始就别用毒药不就好了吗？”汤川自言自语一番后扭头看了看薰，“发现了如此重要的证物后，警方又是怎样看待那女孩的供述的呢？”

“目前还没有定论，上司们也为此为难不已。‘嫌疑人的女儿用探测术发现了狗的尸体’——他们不能在报告里这样写。”

汤川轻轻动了动身体。"你说的那些上司当中恐怕还包括了草薙吧？所以你才来找我帮你出主意？"

"既然您都已经知道了，能麻烦您帮忙解开这谜团吗？"

"你的上司们并非无能之辈，难道就没有人打算按逻辑推理一下为什么那女孩能发现狗的尸体吗？"

"当然有。比如我们组长就认为那女孩原本就知道狗的尸体在那里，也就是说，那女孩以某种形式与本案有关。"

"不错，的确有道理。"

"但既然如此，她也就没必要把探测术搬出来了，只用给警方写封匿名信告知狗的尸体在什么地方就行了，而实际上她本人也说如果找到了那条狗就打算这么做。我也说过，当时我全程目睹了她发现那条狗的经过。"

听到薰语气强硬，汤川一脸严肃地默不作声。

薰继续说道："再补充一句，真濑叶月的同班同学也知道她会用探测术这事。她平日很少在别人面前卖弄，但有几个人亲眼见过，而且据说还很灵验。"

薰曾经到真濑叶月就读的初中找了几个学生打听过。她并没有告知这事与杀人案有关，只表明了自己的警察身份，每个学生都认真地回答了她的问题。

一直低头不语、双臂环抱的汤川抬起了头。"能让我见见那女孩吗？如果可能，我希望你把她带到这里。"

"好的，我去安排一下。"薰点头答道。其实她早就在等汤川这句话了。

7

翌日，薰带着真濑叶月来到帝都大学。此前她已经征得了草薙的同意。

"我很期待结果。替我转告他，希望他能够像往常那样一下子就解开谜团。"临走时，草薙对薰说道。

坐在去往大学的车上，叶月一直默不作声。薰已经告诉她，希望她去见一位物理学老师。叶月既不紧张也不生气，只要能够洗清母亲的嫌疑，做什么事都可以——看样子她心里就是这么想的。

到了大学，薰让叶月在走廊上等着，自己先去了第十三研究室。只见汤川站在工作台旁，台上放着一种奇怪的装置，装置上并排安着四根管道，管道的两端则藏在两个箱子里。

"这是……"

"是一种最常见的探测术实验装置。如果有必要，我会用它来做一个实验：让水从这四根管子之一中流过，然后请那个女孩用探测术测出水究竟是从哪一根管子里流过的。装置我已经处理过，不会发出水流的声音。"汤川转身看着薰，"好了，麻烦你去把那个自称探测师的女孩带进来吧。"

"我知道了。"

来到走廊上，只见叶月正站在窗旁，两眼望着窗外。薰喊了她一声："叶月，准备好了吗？"

叶月并没有回答，依旧背对着薰。就在薰准备再次开口的时候，叶月轻声说道："好大啊。"

"什么？"

"大学校园真大，跟我读的初中完全不一样。"

"这里确实挺宽阔，不过大学也是各种各样的。"

叶月终于转过头来。"您也是大学毕业的吧？"

"嗯，是倒是，不过不是什么太好的学校。"

"哦，也是，如今要是没有大学文凭是当不了刑警的。"

"也不绝对，也有高中毕业当上刑警的。"

"和大学毕业的人比起来，那些人肯定很辛苦，而且升职也要慢很多吧？"

"这个嘛……大概和一般的公司一样。"

叶月低声说了句"也是"，然后用一种毫不认输的目光望着薰。"不过我可不想去念大学，读过大学的人也有不少是草包。等高中毕业后我就会去好好上班，绝对不会输给那些大学毕业生。"

"有你这股心气，一定不会有问题的。"薰冲她笑了笑，"我们去见汤川老师吧。"

"好。"叶月答道。

汤川仔细地端详了一番水晶链子后点了点头，把它还给了叶月。两人隔着桌子面对面坐着，薰则在距离他们稍远的地方放了把椅子，坐了下来。

"这水晶的质量挺不错，你是从哪儿得来的？"汤川问道。

"是奶奶在我五岁的时候给我的。"

"你奶奶现在还健在吗？"

叶月摇了摇头。"奶奶把它给我后没多久就去世了。她长年卧病在床，或许当时已经知道自己快要去了，就把它给了我。"

"你就是在那时候学会用灵摆的？"

"是的。听说这东西是祖辈传下来的，只不过奶奶并不这样叫它。"

"那叫什么？"

"听奶奶说，曾祖母称它'水神大人'。"

"水神大人……是水的神灵吧？原来如此。"汤川一脸恍然大悟的表情。

"怎么回事？"薰试探着问道。

"所谓水神大人，就像它的名字一样，是掌管水的神灵。对农耕民族而言，水是最重要的，所以从古时候起，人们就会在水源地祭祀水神大人。叶月的曾祖母之所以把这条链子称为'水神大人'，或许是因为曾经有人用它寻找过水源地。"汤川把目光转回到叶月身上，"你是什么时候开始用这条链子的？"

叶月微微歪了歪头。"具体的时间记不清了，只能说是不知不觉间吧。"

"那你平常会在什么时候用它呢？"

"倒也没什么固定的时候。奶奶和我说过，不知道该怎么办或者想要寻求某个答案的时候可以用它。"

"那你一直对它给出的答案深信不疑？"

"当然了。我就是为了得到答案才问它的。"

"你难道就没想过，或许它也会给出错误的答案？"

"没想过。如果心里有这种想法，它就不会回答我的问题。"

"那么它就真的一次也没错过吗？"

"没错过。"

"一次都没有？"

"是的。"叶月直直地盯着汤川。

汤川重重地吐出一口气。"难道它就没有不能回答的问题吗？"

"我想应该没有。"

"那么只要手里有这条链子，你就无所不知无所不晓了吗？不管是明天的天气，还是考试的题目。"汤川用略带挑衅的语气说道。

叶月却没有丝毫不快，只是微微一笑。她的笑容简直就是苦笑，令薰吃了一惊。

"奶奶曾经对我说过，这条链子不能用在私欲上，比如赛马或者彩票之类的。"叶月说着轻轻地耸了耸肩，"不过说实话，我问过它一次考试题目。"

"结果呢？"

叶月摇了摇头。"没问出来，链子拒绝了我。"

"拒绝？"

"在使用灵摆的时候必须遵循一定的顺序，首先要问它这个问题是否该问，比如'我想知道考试的题目，这么做对吗'之类的。当时链子给我的答案是否定的，所以我就想果然还是不能这么做，后来也就再没这么做过了。"

汤川睁大了眼睛，靠到椅背上。他瞟了薰一眼，随后又把目光转回到叶月身上。"在你打算寻找那条狗的尸体时，也问过这么做对不对吗？"

"是的。"

"当时灵摆给出的答案是肯定的？"

"是的。"

"后来你具体是怎么做的呢？"

"首先在脑海中描绘印象，我见过那条狗好几次，所以这并不困难。"

"能请你给我说说那条狗长什么样，让我也有个印象吗？"

听了汤川的问题，叶月连连眨眼。薰感觉这似乎是她第一次显露出内心的动摇。

"那条狗毛色漆黑，叫得很凶，总是一副扑上来要咬人的架势，恶狠狠地瞪着来人，竖着耳朵，嘴里露出獠牙。就是这样的一条狗。"

"想象完之后呢？"

"就离开家，沿路询问灵摆前进。"

"接下来是否还有必要询问行为的正确性呢？"

"要问。"

"每次遇到岔路都要问吗？"

"是的。"叶月小声地答道。

汤川环抱起双臂望着叶月。"除此之外，最近你还在什么时候用过它呢？与案件无关也没关系。"

叶月略显犹豫地低下了头，又如同下定了决心一般抬起头来。"前两天有个比我高一级的学长问我愿不愿意和他交往，我一直喜欢他，所以觉得答应他也没什么，但又总觉得现在没时间浪费在这上边，就问了问灵摆。它当时的回答是'最好不要答应'，于是我回绝了学长。"

薰听到这里，心中不禁一惊。没想到叶月连这种事也要托付给灵摆。

"你没有因此而后悔吗？"汤川问道。

"一点都不后悔，因为没过多久，我就看到那个学长和其他女孩约会了。估计他只是想玩玩而已，对方是谁对他而言并不重要。我原本就要准备考试，所以感觉灵摆给出的答案很正确。"她笑了笑然后总结道，"它永远都是对的。"

汤川放下环抱在胸前的胳膊，拍了拍膝盖。"谢谢你。我的问题问完了。"

"已经问完了？"叶月似乎有点没回过神来，"不用做实验了吗？"

"不用做了，已经足够了。"汤川扭头望着薰，"你把她送回家去吧。"

薰说了句"好的"，站起身来。

"不知道那位老师到底相不相信我说的话。"叶月在回家的车上轻声说道，"每次我和成年人说灵摆的事，他们都觉得我在故弄玄虚，要不就说是我的错觉。"

"他是不会在毫无根据的情况下轻易下结论的。"

"这样啊。"

把叶月送回家后，薰回到了帝都大学，因为在她离开前，汤川曾悄声说过让她回来一趟。

"您为什么没做实验呢？"薰刚回到研究室便问道。

"我一开始不是说过吗，如果有必要才会做实验，但今天我和她聊了一会儿后发现其实没必要。"

"怎么回事？"

"从结论上而言她在撒谎，她其实并不是用探测术发现了狗尸，而是从离开家的时候心里就已经有数了。"

"您凭什么这么说？"

"她说当时是边走边向灵摆询问方向，其实在这之前她应该还做了一件事，那就是用地图确认一下大致的地点，如果不这样做，她就不知道自己该去的地方能否徒步到达。"

"啊？"薰惊讶地张开了嘴。

"我问她打算去找狗的尸体时是否也问过灵摆，她回答说是的。注意，当时我说的是'狗的尸体'，可见其实她在出发以前就已经知道那条狗死了。"

薰对这段对话还有些印象，她不禁为自己竟然如此疏忽大意而感到惭愧。"既然如此她为什么不直接去呢？当时她确实不时沿路蹲下做了些什么啊。"

"有关这一点，我觉得她说得没错。她确实向灵摆询问了，不过并非是在问路，而是在每次遇到岔路时决定自己是否该继续走下去。"

"您的意思是说，她当时是一边犹豫一边前进的？"

"没错。恐怕当时她是凭借着什么证据推理出了狗尸所在地，但又因故不能告诉警察，于是决定自己先去看看。这件事对她而言需要下很大的决心，所以她就沿途问灵摆是否该这么做、这么做到底对不对。"

"您说的那些不能告人的原因，究竟又是些什么呢？"

"如果换了是你会怎样？假设你察觉到了一些有关案件的重要情况，警方很可能会因此查明真凶，可你又为是否要把这一情况告诉警方而犹豫不决。你觉得这会是在什么时候呢？"

薰思索片刻，得到一个答案。"在认识真凶的情况下……"

"没错。"汤川点了点头，"她在怀疑身边的人，而就在她思考这个人会把狗尸藏到什么地方的时候，就想起了那地方。"

"我去问问她。"薰站起身来。

"没必要。我想警方肯定能够轻而易举地找到凶手。"汤川说道，"现在应该已经有些眉目了。"

8

在薰带叶月去见汤川的第三天，真濑贵美子的上司兼恋人碓井俊和遭到了逮捕。警方从碓井住处的天花板夹层里发现了金条，所以没过多长时间他便自首了。

碓井听贵美子说起野平加世子在佛坛里藏了金条，随即心生歹念，因为他挪用了公司的公款，必须尽快补上差额。

就在这时，他从贵美子那里听说了野平长子一家要离家几天的消息，觉得这是一个千载难逢的良机。

在贵美子见了野平加世子后不久，碓井就来到了野平家里，说是部下给野平女士添麻烦了。

随后他趁野平加世子不注意，从背后勒死了她。但碓井并没有立刻将金条拿走，而是关上门带着钥匙离去了。至于原因，碓井说虽然他知道佛坛里藏着金条，却并不知道藏在何处，所以打算等天黑后再悄悄潜入屋里寻找。

在离开野平家的时候，他往狗的食槽里投入了混有毒药的狗粮。当然，他此举为的是自己下次潜入时狗不会再次乱叫。

等到夜深人静，碓井驱车前往野平家，在稍远处停下车子，再次潜入野平家。那条狗一动不动，看起来像是死了一样。他稍稍花了点时间便发现了佛坛背后的机关，把藏在里边的十公斤金条塞进包里，从玄关走出屋外，锁上了房门。

直到此时，他的计划还很顺利，但就在他走向大门打算逃离现场的时候，发生了一件出乎意料的事。

"当时看似已经死了的那条狗突然咬住了他。"薰说道，"那条狗可真是够执着的，明明都已经因为吃下了有毒的狗粮而变得奄奄一息了，却仍旧完成了自己的使命。我们这些警察也得好好向它学习呢。"

"咬到了凶手哪里？"汤川问道。

"右脚踝。据说当时碓井拼命甩脚才挣脱，那条狗似乎用尽了最后的力气，再也不动了。碓井当时想，如果就这样扔下不管，或许警方会从狗牙上的血迹查到自己，所以就把狗的尸体扔掉了。"

"他伤得重吗？"

"很重，就连走路都一瘸一拐了。"

"要隐藏这么深的伤，倒也确实有些困难啊。"

"老师您的建议也帮了我们不少忙，您当时说凶手身上应该有被狗咬过留下的伤——这推理真的是太精彩了。"

鉴定科重新检查了狗的尸体后，从狗牙上检测出了人的血液，而在调查过真濑母女的周边关系后，碓井便浮出了水面。确认过 DNA 一致后，警方便申请了逮捕令。

"如果一个寻常女孩推理出了真凶，那么她手中必定有相当确凿的证据，而且还和狗有关，所以我就想凶手或许和那条狗有过接触，于是问了她对那条狗的印象。她说那条狗很凶，就像是随时准备要扑上来咬人似的，我就想到或许她已经知道凶手被狗咬伤了。如此一来，凶手藏匿狗尸的举动也就解释得通了。"

"今早我去见过叶月，她说碓井行凶后的第二天去过她们家，当时她亲眼看到碓井在包扎伤口，而那伤很明显是被狗咬的。但叶月毕竟曾经受过碓井的照顾，而且明白碓井和母亲之间的关系，所以一直无法说出口。她打算如果真在那里发现了狗尸就匿名通报警方。"

"她以前就去过那个地方吧？"

"叶月说碓井以前开车轧死邻居的猫时，就是把尸体拖到那里扔掉的，她一直记着这件事。"

"原来如此。想找个适合处理猫狗尸体的地方也确实不容易。"

"还好叶月把实话告诉了我们，因此我们也方便写报告了。对了，我有句话想问您，不知您是否愿意回答。"

"什么事？"

"您当时为什么没用探测术实验装置呢？我觉得凭借老师您的能力，一定能够让她清醒过来，不再相信灵摆那些东西。"

汤川闻言盯着薰，一边叹气一边摇头。

"看来你还是不太明白科学这东西啊。"

薰不禁有些意外。"为什么？"

"科学的目的并非否定那些带有神秘色彩的事物。叶月其实是在通过灵摆和自己的心灵对话，这不过是一种让她摆脱困惑、下定决心的手段罢了，实际上令链子摆动的是她的良心。如果手中能有一个表明自己的良心究竟该指向何方的道具，也是件幸福的事，我们不应该插手。"

薰望着一脸严肃的汤川，脸上露出了笑容。"老师您不会是在想，如果真有这种探测术就好了吧？"

汤川一言不发，意味深长地挑动了一下一侧的眉毛，把手伸向盛有咖啡的杯子。

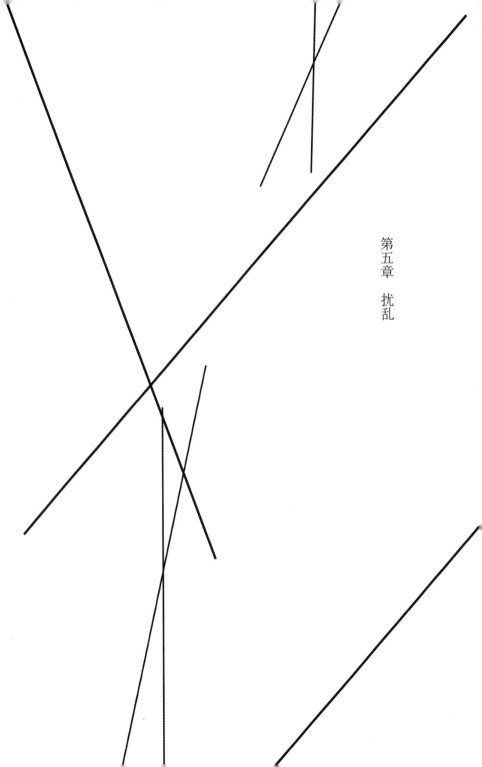

第五章　扰乱

1

　　男子直接喝了一口不兑水的威士忌，只觉得喉咙火辣辣的。他
已经很久没有喝酒了，这瓶威士忌是上次由真的朋友给的。

　　"说是打工的那家酒吧倒闭了，所以他们就把剩下的酒全分了。
虽然我不怎么喜欢威士忌，偶尔来上一点倒也还不错。不过如果是
红酒的话就好了。"她笑了笑。

　　如今那瓶威士忌和方便面一起被搁在柜子里。冰箱里没有冰块，
只能这么喝了。

　　看起来似乎是瓶高级酒，入喉之后却感觉不到丝毫的美味。当
然他并非为了品酒，他也不懂酒的好坏，不过是为了换来一醉才喝的。

　　他坐在餐椅上，手上拿着一个装满了琥珀色液体的酒杯，目光
投向相邻的和室。

　　由真横躺着，身上穿着黄色的长袖毛衣，自从两人开始同居她
便常穿这件，虽然看起来已经有些起皱了，但她似乎挺喜欢。

　　她闭着眼睛一动不动。往日的粉唇如今已经近乎灰色，白皙纤
瘦的手也永远不会再轻抚他的胸膛，曾经被他炽热地喜爱过的腰身

也再也不会扭动。

他觉得自己已经失去了一切。以前他也失去过很多，之所以还能够撑到今天，是因为他坚信最宝贵的宝贝依然在手中。而这件宝贝自然就是由真。只要有她在身边，他就不会对人生感到太过绝望。

但如今连她也失去了。一想到将来的事他就感到眼前发黑，不，其实他根本就无法去设想将来的事。

威士忌流过喉咙的瞬间，他打了个嗝儿，含在嘴里的威士忌全喷了出来，弄湿了他的膝盖。

他心想，自己怎会沦落到这步田地？他原本不该走上这样一条人生道路，他应该过着更为美好、充满希望的生活，他从不觉得自己在通往梦想的人生之路上有过丝毫懈怠。

人生的齿轮不知从何时起变得癫狂起来，是从何时起——又一个嗝儿涌了上来。

他放下酒杯，站起身来，摇摇晃晃地走到了桌旁。

他很清楚，自己是在何时何地走上这条岔路的。

眼前的墙壁上用图钉钉着一份周刊杂志的复印件，标题是《离奇案件的破解背后，存在着一位天才科学家》，内容描述了一段警视厅搜查一科为了解决某件超常现象案子而向某大学的物理学家求助，最终圆满破案的经过。尽管报道上只是写着"T大学的Y副教授"，但他很清楚此人是谁。

他拿起桌上的裁纸刀，推出几厘米长的刀刃，斜着划破了那份复印件。

2

写信的时候，薰感觉有人走到了面前。她抬起头，只见草薙正低头看着自己。

"给谁写情书呢？"

"只是一封感谢信，我们不是请地质学老师出面协助破案了吗？"

"哦，那件事啊。是请那个老师帮忙分析附着在尸体上的泥巴吧？你每次都给人写感谢信吗？"

"也不是每次都写，只是觉得还是写一封比较好，而且说不定下次还得麻烦他们。"

"哎？"草薙用指尖抠了抠鼻翼，"你也会给汤川写吗？"

"您说什么？"

"你不是找他帮过好几次忙吗？"

薰挺直脊背，眨了眨眼。"是啊。是该写一封。"

草薙笑了起来。"还是算了吧。我听说那家伙对学生写的论文很挑剔，而且不光是内容，甚至连遣词造句都不放过。如果给他写感谢信，他可是会给你批改一番再送回来的。而且那家伙原本就不想要那种东西。"

"是吗？但我觉得还是得做点什么对他表示一下谢意……"

"不必担心，我经常请他喝酒的。"

"不会是去有美女的店吧？"

"那是当然，应酬不就是这样吗？"

就在草薙得意扬扬地说着的时候，间宫走到了他身后。"你们两个，跟我来一下。"

薰立刻站起身来。"有案子了吗？"

"还说不好，不过有点棘手。"间宫的脸色有些阴沉。

薰和草薙跟着间宫走进了小会议室，只见管理官①多多良正在屋里等着。多多良长年任职于搜查一科，业界流传着许多关于他干练行事的传说。他头发梳得一丝不乱，戴着眼镜，给人一种沉稳的感觉，但其实此人极为性急，甚至还有一个"瞬时热水器"的诨名。据说他曾经因无法抑制心中的怒火而一拳砸在墙上，把墙打出洞来，自己的手也因此骨折了。

薰和间宫、草薙排成一列，在椅子上坐下。光是这样面对着多多良，她就已经感觉出了一身冷汗。

多多良的目光在一份文件上扫过，落到了间宫身上。"你和他们说过了没有？"

"没说过，如果被别人听到就麻烦了。"

"嗯，说得也是。"多多良把文件放到桌上，"有人给科长送来这样一封信。这是复印件，原件已经送到鉴定科调查去了。"

"我看一下。"

说着，草薙伸手拿起文件，薰则凑到他身旁。

文件上是一些看似用打印机打出来的字，薰看过后不禁倒吸一口冷气。文件的内容如下：

---

①警视厅下属各科内的三号人物，位列科长和理事官之后。搜查一科的管理官在重大案件发生时负责在管辖案发地的警察局设立搜查本部，现场指挥。

196

致亲爱的警视厅诸君：

　　我是拥有恶魔之手的人，用我这只手可以随心所欲地葬送掉任何人。你们这些警察绝对无法阻止我，因为人类的眼睛看不到恶魔之手，而你们也只能将被害人的死断定为事故。

　　愚蠢的你们或许会把我的警告当成一场恶作剧。因此，我会在数日之后对你们先示威，如此一来你们也就会知道我的实力了。然后我再和你们真正一战。

　　如果你们觉得无法应对，就去找那个 T 大学的 Y 副教授来助阵好了。和他一决雌雄，看看究竟谁是真正的天才，倒也不失为一种乐趣。有劳诸君代为向副教授问好。

恶魔之手

草薙把文件放到了桌上。"这是什么东西？"

　　"已经说过是今早邮寄到科长手里的信了。邮戳 盖的是东京中央局，估计是昨天白天寄出的，信封上的地址也是用打印机打印的。现在已经委托鉴定科鉴别打印机和电脑软件的类型了。"多多良盯着草薙说完后，把目光移到薰身上，"说说看法吧。你们怎么看这封信？"

　　薰和草薙对视了一眼。草薙脸上浮现出困惑的神色，薰估计自己此刻的表情也和他一样。

　　"虚张声势的家伙。"草薙说道，"就像怪人二十面相① 似的。"

　　"你觉得这不过是个恶作剧？"

　　"不。"草薙摇了摇头，"虽然文章写得虚张声势，但读完感觉并

---

① 日本推理小说家江户川乱步笔下的怪盗角色，是个化装高手，习惯在作案前写信警告物主，宣布将要下手的时间。

不像是恶作剧那么简单。"

"你这么说的根据是什么？"

"一般对警方搞恶作剧的人会因看到警方的反应而开心不已。比如他们会预先告知警方自己将要炸毁哪个地方，然后看到别人为此惊慌不已而乐不可支。然而这封信没有这样写，而且信上也没有明示自己的要求，如此一来警方就无法对此有任何反应。我觉得写这封信的人很清楚这一点。既然警方不会有任何反应，那么恶作剧也就没有丝毫意义。"

多多良点了点头，再次看向薰。"我也想听听新人的看法。你是怎么看的？你也觉得这次不仅仅是恶作剧这么简单吗？"

"说实话我也不太清楚，但是有一点令人在意。"薰略显紧张地回答道，"那就是对方一直在强调帝都大学的汤川老师，信里两次出现了'副教授'字样。"

"这一点也令我有些不解。"多多良说道。

"几个月前，几家媒体提到过汤川老师的事，契机是有记者就汤川老师为警视厅做出的贡献写了一篇报道。尽管报道中没有提到老师的真名，但如果认识老师，应该立刻就能明白指的是谁。"

"那么，是不是恶作剧姑且不论，但写信的人明显是冲着汤川副教授来的——你是这么认为的吗？"

"我也不确定……"

"有关这一点，你怎么看？"多多良问草薙。

"我觉得有点道理。与其说这是一通犯罪声明，感觉更像是给汤川下的挑战书。"

听了草薙的回答，多多良思索片刻，叹了口气。

"挑战书啊……这世上还真是不乏没事找事的人，但正如草薙所说，就算我们收到这样一封信也无法有任何反应。信上说会对我们示威,但并没有具体说要做什么。看起来似乎打算把谋杀伪装成事故，但我们连是怎样的事故都不清楚，所以无法采取任何对策。"

"我去找汤川商量一下吧。"草薙说道,"如果对方真是冲他而来，或许他会有一些线索。"

"你是说汤川副教授或许认识对方？真是这样，事情就好办了……"

就在多多良撇嘴的时候，草薙的手机响了。草薙说了声"抱歉"，掏出电话。看到来电显示后，他抬起头看着管理官。

"怎么了？"多多良问道。

"说曹操，曹操到。"草薙让多多良看了看自己的手机,"是汤川打来的。"

递来盛有速溶咖啡的马克杯后，汤川又递了一页文件过来。薰看过文件后恍然大悟，文件上印着和搜查一科收到的信一样的内容，唯一不同的是上边多了这样一段话：

致帝都大学汤川副教授：
　　我给警视厅搜查一科寄去一封信，信的内容如下所述。想必那些无能之辈必定会跑来向你哭诉，你就等着他们的到来吧。

汤川在椅子上坐下，拿起马克杯，目光在薰和草薙的脸上来回移动。

"我这个人最怕等人了，心想反正都会有警察来，还不如尽快把事情做完，就给草薙打了个电话。"

"我们也正在商量要不要和你谈谈呢。"

听了草薙的话，汤川一脸诧异地皱起了眉头。"和我谈有什么用？我没什么和你们说的。"

"您也是一头雾水吗？"薰问道。

"一头雾水。看完信后我简直不明所以。出于履行一个国民的义务、外加身为科学家的使命感，我出手协助过你们，但事后我也多次叮嘱过，让你们千万不要将此事泄露出去。正是因为你们没有做好保密工作，事情才会变成今天这样。恐怕这个自称拥有恶魔之手的寄件人正是因为看到了那篇夸大宣传 T 大学 Y 副教授能力的报道而感到不快。媒体一旦创造出英雄人物，必定会有人跳出来作对。也就是说，所有看过这类报道的人都是嫌疑人。而对方是否真的有恶魔之手就无从得知了。"

"这样说似乎有些不敬，但我们从未向媒体透露过任何有关老师您的信息。那些报社记者察觉到多个案件的物证都与帝都大学物理系有关，于是自己顺藤摸瓜找到了您。"

"这我知道，当时那个跑来采访我的人也是这么说的。我的意思是，你们是不是该提前想到这一点，把预防工作做好呢？如果协助破案的人身份轻易就会被泄露，那么今后就再也不会有人愿意协助警方了。"

"你说得没错。"草薙说道，"关于这一点我们也在反省。今后我们会小心应对，避免再次发生类似的事。"

"虽然有种事已至此的感觉，但我也只能说句'尽快落实吧'。"

"看在我们认错的份上，请再回答一个问题。或许你会觉得我们纠缠不休，但你真的一点儿头绪都没有吗？从字里行间来看，对方似乎对你抱有很大的敌意。"

"就算对方对我抱有敌意，也不意味着我就一定认识他。"

"对方仅凭一句'T 大学的 Y 副教授'就知道是你了，想来那人和你并非毫无关系。总而言之请你好好想想，你见过的那些科学家中是否有会做出这种事的人。"

"我没办法想。"

听到汤川拒绝得如此斩钉截铁，薰不由得看了看他那张端正清秀的脸庞，而草薙也如同蒙了一般，沉默不语。

"我确实认识不少科学家，但对他们的秉性一无所知。我知道的只有他们的业绩，因此没有办法判断他们当中有谁可能会写这种信。"

草薙望了望薰，只见她脸上也是一副认输的表情。

"我知道了，这件事就交由我们来办吧。这封信可以由我们暂为保管吗？"

"请吧，不必还了。"汤川递过信封，"对了，听说你被任命为主任了？恭喜。"

草薙露出一副扫兴的样子。"到头来还是什么都没变，依旧做着和以前一样的事。"

"内海隶属草薙小队？这就令人放心了。"汤川看了薰一眼，微微一笑。

"你说谁让谁放心啊？"草薙问道。

"你们彼此彼此。"

草薙哼了一声，站起身来。"走吧。"

薰跟着草薙准备走出房间，却又在门口转过头来。"您觉得恶魔之手指的是什么？"

汤川耸了耸肩。"我怎么可能知道。虽说从信上来看似乎是指某种看不到的力量，但这世上存在着许多这样的力量，根本无法凭那几行字确定究竟是指什么。而且就像我刚才说的，对方是否真的拥有这种力量也不得而知。"

"说得也是……打扰您了。"

"只不过，"汤川继续说道，"这封信似乎不仅仅是在虚张声势。"

"为什么呢？"

"因为信里出现了'科学家'这样的字眼，会这样写的人至少是个自诩的科学家，对方这么写可能是有什么依据。"

薰点了点头。"我们会讨论。"

汤川皱起眉头，摆了摆手。"只是外行的意见罢了，你们完全可以无视。"

3

这是一辆白色单厢商旅车，驾车的男子在超市的屋顶停车场停好车，从驾驶席移动到车子的后部。为了在滑动车门旁安置设备，后座早已被取下。

确认周围没人后，男子打开了滑动车门。

设备面向滑动车门，上面装着一种特别的视镜，男子用它查看了一下车外的情形。调好焦距后，钢筋结构的楼房躯体便映入了男子的视野。一个身穿工作服的男人站在楼顶最高处，距离地面二十米左右，坐在车里的男子需要稍稍仰头。

男子再次把视镜的焦点对准了作业人员。作业人员蹲下身子，似乎正在进行某种作业。或许是早已习惯了高空作业，而且对自己的经验和平衡感很有信心的缘故，作业人员身上并没有系安全带，和昨天一样。

作业人员看起来已经年届五十，无法辨认出他安全帽下的头发中是否混有白发。

既然都已经活了这么久，大概也活够了——男子喃喃道，按下了设备的开关。

电脑前的草薙紧紧揪着自己的头发。画面上显示着这几天东京发生的交通事故的数据。

近来发生了八百多起交通事故，其中造成人员死亡的事故有三起，共导致四人死于非命。

第一起是因为超速驾驶而无法在弯道处掉转车头，车子撞上电线杆，导致驾车的大学生和坐在副驾驶席上的朋友死亡，当时两人都摄取了大量酒精。按交通科的分析来看，路面上并未留下刹车痕迹，所以当时驾车者很可能处于睡眠状态。此外，还有数名目击者证实两人此前去了居酒屋。

就事故本身而言，只能说是一场咎由自取的事故。不管是酗酒还是酒后驾车，一切都是由肇事者自身的意志而起，并无恶魔之手介入的余地。不过，草薙却为是否能将此事断定为与恶魔之手毫无关系而感到困惑不已。令他如此疑惑的，便是死者父母说的"那孩子不是个会酒后驾车的人"这一点。如果换作平日，他早就下定"不过只是在袒护孩子"的结论了，但如今那封奇怪的信却不断地在脑海中闪现。

不会是有人在背后教唆了大学生让他酒后驾车的吧？比如给他施点催眠术之类的——

草薙叹了口气。因为一旦如此设想，那么所有事故就都变得可疑起来了。比如第二起事故中，一个老人过街时擅闯红灯被轻型卡车撞了，但事故同样有老人被人施了催眠术的可能。草薙并不清楚催眠术是否真能控制他人的行动。他很想去问汤川，但感觉又会被奚落一顿，所以一直拿不定主意。

草薙感觉身后似乎有人。转过头一看，只见间宫正站在身后。

"查到些什么了没有？"

草薙摇了摇头。"老实说，我实在无计可施了。这些事故看起来仅仅是事故，但如果牵强一些，又都可能与恶魔之手有关。"

"说得也是。"间宫点了点头。

"如果那封奇怪的信只是恶作剧，性质也太恶劣了，就算对方什么也没做，我们也必须竭尽所能去设想各种可能。"

"的确，或许对方正打算进一步利用我们现在这种心理呢。"

"这话什么意思？"

"虽然我也不想让你这么困扰下去，"间宫晃了晃手中的复印件，"但是对方又寄来了一封信。原件已经送到鉴定科了。"

草薙接过复印件，只见纸上的字体和上次的来信一样，上面印着这样一段文字：

致亲爱的警视厅诸君：

　　像此前预告的一样，我已经展示了恶魔之手的威力，让本月二十日在墨田区两国的建筑工地上施工的作业人员上田重之坠楼身亡，你们去确认一下好了。此外，你们也可以去请教一下 Y 副教授，看看我是否在吹牛。

　　　　　　　　　　　　　　　　　　　　　　　　恶魔之手

看完，草薙抬起头来。"建筑工地的坠楼事故？"

间宫噘了噘嘴，点了点头。"我已经找辖区警察局确认过了。二十日确实发生过这样一起事故，而死者的名字也的确叫上田重之。"

"媒体是否报道过这起事故呢？"

"似乎有部分早报登载过，所以对方也有可能先看到了那些报道，然后才编造了这样一封犯罪声明寄了过来。"

"也就是说，把偶发的事故说成是自己所为？"

"有这种可能，但信的最后一句却又有些耐人寻味。"

草薙再次看了看最后一句。"汤川如何能告诉我们他是否在吹牛？"

"不清楚。"间宫耸了耸肩，摇了摇头。

草薙站起身来，拿起外衣。"我现在就去找汤川。"

刚走出警视厅，内海薰便打来了电话。

"你打的正是时候，我现在准备去找汤川，你也一起过去吧。"

"我已经在去的路上了。为了通知您一声才给您打电话的。"

"发生什么事了吗？"

"汤川老师联系了我，说又有一封奇怪的信寄到他那里去了。"

信和上次寄来的一样，也是用 A4 纸打印出来的。

祝好。不知警视厅的警察是否去找过你了，就算他们还没去，近日也必定会去。原因无他，是你自找的。

其实我希望你帮我做件事，内容很简单，只要登录某个网页，将内容展示给警察看一下就行了。

网址如下。不必担心，只是一部电影的官方网站，不需要你对这部电影抱有任何兴趣。

登录以后，网站上有个供人谈论自己对电影感想的地方，你到那里去看一看，本月十九日有一条"作业人员"写下的留言。或许在你看来只是条平淡无奇的留言，但警察看过后会异常震惊，也会因此相信恶魔之手的存在。

恶魔之手

看完，薰抬起头来，和面无表情的汤川目光相撞。

"似乎有人在今早把这封信投进了物理系的信箱里。"汤川说道，"到底怎么回事？没必要把我也卷进这件事吧？"

"不是我们要把你卷进来，而是凶手希望如此。"草薙解释道，"对了，那个主页你看过了吗？"

汤川蹬了一下地面，将椅子滑到电脑桌前，飞速地敲打起键盘。没过多久，显示器上出现了一幕华丽的画面，还附带着背景音乐。汤川动了动鼠标，切换画面，跳转到可以发布影评感想的界面，这里既可以留下自己的感想，也可以看到他人的感想。

"凶手想让你们看的留言似乎就是这条，的确是一条平淡无奇的留言。"

薰和草薙一起凑到电脑面前，四方形的留言框中有这么一段文字，标题是"满怀爱意"，内容如下：

> 看到各位留下的感想，我也有去一睹为快的想法。我二十日会去看，现在已经极为期待。请各位多保重。我会心怀比对墨田区两国正在施工的大楼更深的爱意去看的。感动之余，我会当心不要坠楼。
>
> 40 岁男作业人员　2008 05/19 22:43

薰和草薙对望了一眼。第二封信的内容他们在来之前就已经大致听说了。

"看样子这封信的寄件人并非胡说。"汤川说道，"究竟信中哪处地方让你们这么惊慌失措？"

草薙用严肃的目光望着汤川。"是预告信。汤川，这是一封犯罪预告信啊。"

"预告？"

草薙将事情的始末告诉了汤川，汤川的脸色也渐渐阴沉起来。

"原来发生了这样一起事故啊，正在施工的大楼上有施工人员坠楼身亡了。如果说是偶然也太巧了，而且就连日期也一致……"

"有没有可能寄件人是在得知了事故后从网上找了一篇与事故内容一致的留言呢？"薰说道。

"这种可能性并非为零，但估计很低。"汤川说道，"留言是事故发生一天前写下的，的确是犯罪预告啊。"

"可正常情况下，凶手应该在行凶前做出预告，像这样等到事情发生后才说事先已经预告过的案例几乎前所未闻。"草薙说道。

"因为这一次凶手写预告信的理由很特殊。凶手不希望我们认为他只是搭了趟偶发事故的顺风车，才故意留下了预告。但如果事先告诉我们有这么一封预告信，行凶的困难程度就会陡然增大。因此对方选择了事后再告知我们。"

草薙沉吟道："我去调查一下坠楼事故，如果真的是谋杀就不妙了。"

"不过，把案件伪装成事故，从高楼上把人推下去，这种事情真的可能做到吗？我觉得辖区警察局既然已经将此事定性为事故，那么应该没什么可疑之处。"薰对汤川说道。

物理学家撇撇嘴，摇了摇头。"这可未必。目前手边资料太少，想假设一下都不可能。而且我多次说过，在犯罪研究这方面我完全是个外行。"

"可老师您不是说过，这世上存在着许多无法看到的力量吗？"薰问道。

"确实存在，比如说磁力，更进一步还有万有引力，而且就连正在聊天的你我之间也存在着引力。但我实在搞不清这次的凶手用的是什么手法，毫无头绪。总之还是先收集资料吧，只要凶手用的不是魔法，就必定会留下一些蛛丝马迹。这个世界上根本不存在什么魔法。"汤川越说越激动。

"那我们该去收集些什么资料呢？请明示。"

"首先是一些与事故相关的资料，然后我希望能到现场去看看。比如当天的天气，现场周围曾经发生过什么，只要是能查明的事都需要。"

"知道了。我会让内海把资料都收集起来的。"草薙站起身来。

"但有件事让人放心不下。"

听到汤川的话,草薙转过头来。"什么事?"

"凶手为何要冒这么大的风险呢?在主页上留言,立刻就会被警方查出使用的是哪台电脑。"

"估计是在网吧之类的地方留的言吧。"

"或许是,但即便如此也很危险,网吧的监控摄像头也有可能拍到凶手的身影。如果我是凶手,绝对不会采用这种危险的做法。虽说网上的匿名程度更高一些,但对于隐瞒真实身份而言,还是邮寄更加安全。实际上,凶手也的确寄过奇怪的信,尽管这么做也会被警方查到打印机和文字处理软件,但市面上这种东西毕竟太多了,所以被警方追查到的风险接近零。难道不是吗?"

听到汤川的发问,草薙摆出了一副苦涩的表情。鉴定科在分析过凶手的来信后,也很难将目标缩到一个较小的范围。

"您的意思是,罪犯会用邮寄的方式送出犯罪预告?"薫问道。

"没错,在行凶的当天寄给警方。因为预告信要到第二天才会送到,所以不必担心警方会干预行凶。此外,因为邮件上的邮戳甚至连几点几分都会记录下来,所以邮戳也能够证明凶手在行凶前就寄出了信件。凶手为什么不这么做呢?"

薫看了草薙一眼。"说得确实没错。"

草薙皱起了眉头。"或许凶手遇到了什么特殊状况?"

"我也这么认为。"汤川说道,"只要弄清了这一点,恶魔之手的真面目就会浮出水面。"

"的确如此，我们会留心的。"

走出研究室后，草薙望着薰意味深长地笑了笑。"尽管凶手的做法令人恼火，但此行并非一无所获，毕竟这事已经吊起汤川的胃口来了。"

"深有同感，但这一点也是凶手想看到的，大概那人有着不让汤川老师看穿的自信。"

"话虽如此，但汤川是不会输的。当然，我们也不能输。"说完，一种刑警特有的犀利目光回到了草薙的双眸中。

4

男子踩下油门，确认后方没有来车后，他把车子靠向右车道，再次提速。不久，车子追上了行驶在右车道上的红色轿车。

他用余光瞟了一眼红色轿车的驾驶席，手握方向盘的是个年轻女子。车子装着雾化玻璃，无法看清后座的情况，但因为副驾驶席空着，估计年轻女子在独自驾驶。

车子在首都高速四号新宿线的上行车道飞驰着，速度仪表盘显示时速已经超过了八十公里。男子调节油门，让车子和女子所开的车齐头并进。

再过不久就要到代代木 PA ① 了。男子右手握住方向盘，左手在座席旁摸索了一下，触到装好的开关后，他毫不犹豫地按了下去。

---

① 日本首都高速四号新宿线上行方向设置的停车区域。

计时器设定了十二秒的时间,时间一到提示音便会响起。男子一边等待着提示音响起,一边谨慎地调节油门。车子紧紧追在目标旁,齐头并进行驶着。短短十二秒令男子感到十分漫长。

前方延伸着一条直路,尽头有一处很急的右转弯道,紧接着又是一处左转弯道。这是一个有名的事故多发地。

提示音终于响了起来。男子一口气把油门踩到底,车速越来越快,那辆红色轿车映入了后视镜中,开始飘忽不定地蛇行。

男子能确认的景象也就到此为止了,连续不断的弯道遮挡住了他的视线。他放缓车速,等待着后方车辆的出现。

不久,一辆白色汽车出现了,紧接着是一辆蓝色的,那辆红色轿车一直都没有出现。

看来事情进展得很顺利——他微微笑了笑。一场事故由此引发了。

问题在于,红色轿车受损的程度究竟如何?

男子决定在下一个出口驶出高速公路。副驾驶席上放置着对讲机,东京消防厅的急救通知令他无比期待。

上田凉子睁大了细长的眼睛,略显苍白的双颊也微微泛起红晕。

"您是说,我父亲是被人谋杀的?"她的声音听起来有些嘶哑。

"不,目前调查还没有结束,还无法下结论。"草薙沉着地说道。

"可辖区警察局的刑警不是说应该是一场事故吗……"

"当时的确如此,但后来我们又掌握了一些新的线索,认为将此事断定为事故有些操之过急了。"

"什么线索?"上田凉子提出了理所当然的问题。

草薙决定说出早已准备好的谎言。"其实还有另外一件案子被伪装成不慎坠楼身亡，但实际上是他杀。因为上田重之先生坠楼的状况和那件案子很相似，以防万一我们来问一下。目前只能暂且先把它看作是一场事故，我们所做的一切都是为了以防万一。"

　　草薙不断地重复着"以防万一"这几个字。间宫对他说过，千万不要在死者家属面前提起那封奇怪的信。

　　草薙每次与遗属见面时心情都极为沉重，而尤其令他感到心痛的便是遗属从未设想过死者其实是死于他杀的时候。如果只是单纯的事故，遗属也只好死心放弃，但一旦知道是死于他杀，他们心中就会有其他的感情，在心生怨恨的同时会产生更深一层的疑问：为什么？为什么凶手要杀掉他们深爱的人？从某种意义上来说，这世间再没有比这更令人伤心的问题了。不管如何解释，即便加害者自己出面说明，遗属都不可能会认同。每次回想起这样的悲剧，遗属就又会陷入持续的痛苦。

　　草薙和薰一起来到上田重之家中，这是一栋两层公寓，一楼的房屋结构是两室一厅。在一进玄关处的厨房兼餐厅里，他们隔着餐桌与上田凉子相对而坐。凉子是上田重之的独生女儿，直到五年前还和父母住在一起，现在她一个人住，她母亲在两年前因癌症去世了。

　　"如果……如果上田重之先生并非死于意外事故，您心中对此事有什么头绪吗？再怎样琐碎的事都没关系。"草薙试探着问道。

　　上田凉子一脸难以释然的表情，摇了摇头。"没有。我父亲生前性格懦弱，连酒也很少喝，几乎从未和人有过什么纷争，应该不会有人对我父亲怀恨在心。昨天葬礼上大家还说到了这件事。"

"那么您最后一次和重之先生交谈是在什么时候呢？"

"上星期。当时父亲给我打了个电话，问我母亲的三年忌辰打算怎么办……虽说这事眼下还早得很。"上田凉子低下了头。

草薙望了薰一眼，意在问她还有什么问题要问。

"听说上田重之先生生前是位操作熟练的油漆工。"薰开口说道，"据说他早已习惯了高空作业，从来不系安全带。您是否和重之先生谈过有关这方面的问题呢？"

上田凉子稍稍抬起了头，眨动着长长的睫毛。"我父亲曾说过，人上了年纪后平衡感就会衰退，以后得多加留心了。但他又说系安全带会影响作业的速度，所以有时他也懒得系。我和他说好多次，让他多加小心……"说到最后，她的声音哽咽起来。

怀着沉重的心情，两人离开了上田家。

"估计凶手其实并没有杀上田先生的动机。"草薙边走边说道，"他只想把谋杀伪装成事故，而上田先生正好进入了他的视线。凶手看到上田先生身上没系安全带，所以就决定拿他来开刀。仅此而已。"

"我也有同感，问题在于杀人手法。"

"让相隔一定距离的人坠楼身亡的方法……这种事情只能依靠汤川了，可现在我们手中根本就没有任何有价值的资料。"草薙皱起眉来，摇了摇头。

他们从辖区警察局的负责人手中拿到了坠楼事故的资料，也找现场监工和其他作业人员问过话了，确认事故发生时上田重之身边并没有任何人，当时大楼也没有发生晃动，更没有足以把人吹倒的大风。辖区警察局这么早定案并无不妥。

两人回到警视厅后，岸谷拿着一份文件走到了草薙身旁。

"情况如何？"草薙问道。

"到目前为止还没有出现任何死亡事故。交通事故一共发生一百三十二起，受伤人数一百一十八人，其中有三十五人受了重伤，但都没有性命之忧。就目前报上来的情况看，另有十三起其他事故，全都是些醉酒后从楼梯上摔落或者老人服药时卡住喉咙之类的事故，并没有高空坠落事故发生。"岸谷高声读出了文件的内容。

"哎呀，东京的事故还是这么多啊，不得不让人怀疑是否其中有一两起是凶手所为了。"

"我觉得这正是凶手的目的所在。"薰对草薙说道，"一次行凶成功就能造成他人对其实力的过高估计。"

"说得没错。但目前的问题就在于，凶手仅做了一次就达成了目的，这一点不容忽视。"

"这个嘛……倒也确实如此。"薰低下了头。

目前只有草薙小队在调查恶魔之手的事情，因为警方还无法断定此事是否足以立案。虽然网上有预告信一事已经通过间宫上报给了高层，但直到现在草薙他们都没有接到任何指示。草薙推测或许高层也正在为这事犯愁。

就在这时，间宫走到了他们身旁。他阴沉着脸，把一页复印件递给了草薙。"又来了，凶手还真是勤于写作呢。"

草薙接过复印件，薰和岸谷一起凑到他身旁看了起来。

致亲爱的警视厅诸君：

　　想来诸位已经知道发生于墨田区两国的坠楼事故是由我的力量造成的吧。或许你们目前正在拼命地调查我究竟使用了什么手法，但我不得不说你们不过是在白费心思。你们绝对无法看穿恶魔之手的真面目。

好了，既然已经向你们证明了恶魔之手的存在，接下来我要提出要求了。这并非什么难办之事，或许在你们看来是义不容辞的义务。

要求就是你们必须令世人知悉我的存在，希望刑事部长①或者搜查一科科长召开一场记者见面会，届时，即便你们公开此前的犯罪预告和犯罪声明也无妨。

但我也担心到时候会有冒充恶魔之手的人出现。

因此，我准备教你们一种分辨真伪的方法，请看随信一同寄去的随机数字表。从今往后，凡是我寄出的信件，最后必会附上一串随机生成的数字，如果没有就一定是伪造的。此外，随机数字一旦使用过后，我就不会再次使用，所以请你们妥善保管这张随机数字表。这也是为了你我双方着想。

恶魔之手あ行 B 列 55

"这是什么？"草薙问道。

"就像信中说的，凶手已经提出了要求。"

"将事情公之于众就是凶手想要的吗？"

"似乎是的。"

草薙摇了摇头。"真是搞不明白凶手到底打的是什么主意，这么做对他而言究竟有什么好处？"

---

①日本警视厅刑事部的最高长官。刑事部下辖刑事总务科、搜查一科、科学搜查研究所、机动搜查队等部门。

"科长和管理官认为对方必定是个有着极强自我表现欲的人。"间宫说道。

"那么高层打算怎么办,要召开记者见面会吗?"

"怎么可能会开?如果我们这么做就等于是向凶手屈服了,而且即便把事情公之于众,对我们也没有任何好处,所以高层决定暂且无视。"

"现在就看要求被忽视后凶手会采取怎样的行动了。"草薙点头说道。

"上边说的随机数字表是什么意思?"薰问道。

"是一张和这封信一起寄来的五行五列的两位数表。信中最后不是写着一句'あ行B列55'吗?意思是说在あ行B列的位置上写着55这个数字。如果来信中的数字和表上相应位置的数字对应不上,信便是伪造的了。"

"甚至都担心到了会被人冒充这个份上,看来凶手认为提出的要求肯定会被满足。还真是把我们看扁了。"草薙恶狠狠地说道。

"估计是因为首次行凶顺利得手,就开始得意忘形了吧。为了不让凶手继续猖狂下去,必须尽快查明凶手当时究竟是用什么方法引起坠落事故的。"

听到间宫的指示,草薙干劲十足地回答了一声"是",但一阵不安袭上了站在一旁的薰的心头。

如果无视凶手的要求,那么凶手很可能会再次犯案。薰总觉得己方无法抢先查明恶魔之手的真面目。

5

首都高速六号向岛线的车流较为顺畅，位于箱崎的交汇处并无滞阻，车辆一路向着驹形、向岛驶去。或许应该说是"驶去了"更为恰当，总之没有发生他希望的状况。

男子手握方向盘，不停地将视线投向后视镜和倒车镜，他这么做是为了准确掌握与其他车之间的位置关系。

原先的目标是由江户桥JCT①到箱崎JCT②的这段路程，这两处分岔口交通流量较大，车辆的分流与汇合持续不断，车流的速度却没有丝毫减缓，因而很容易引发事故。

但他这一次失算了，关键时刻一辆卡车开到了他驾驶的车旁。设备装置的角度不适宜卡车，对他而言，最佳的目标是摩托车，至少也得是轿车之类的。

男子告诫自己不必焦虑，今后机会还多着呢。他朝堀切JCT③驶去。

前几天在首都高速四号新宿线上失手了。那辆红色轿车虽然如他所愿与护栏相撞，但驾车者只是肩部和腰部受了点轻伤，并无性命之忧，意识清醒到甚至还可以和救援人员交谈。男子通过窃听急

---

①江户桥系统交流道，位于东京都中央区，是连接首都高速都心环状线、一号上野线和六号向岛线的立交桥。
②箱崎系统交流道，位于东京都中央区，是连接首都高速六号向岛线和九号深川线的立交桥。此桥同时设置多个出入口与休息区。
③堀切系统交流道，位于东京都葛饰区，是连接首都高速中央环状线和六号向岛线的立交桥。

救通知得知了此事。

果然还是在交通量大、车速快且车道错综复杂的地方更容易引发死亡事故——心中如此想着，男子设计出今天的这条线路。这条线路上还有多处事故多发地点，即便这次进展不顺利，下一次机会也会紧随而来。

看样子警方似乎并不打算把恶魔之手的事公之于众。他不清楚警方是故意而为还是根本就不相信恶魔之手的能力。但不管怎么说，只要他能引发第二场事故，警方就无法继续置若罔闻了，即便警方依旧不闻不问，他也有继续发起挑战的办法。

驶过堤通①后，右侧道路开始变窄，车子已经进入了中央环状线内圈。

男子熟练地操控着方向盘，驾车汇入车流。路上的车逐渐增多，开往东北道的车接连不断地汇入左车道。他把车开到中央车道上，再往前便是常磐道。

一辆车进入他的视野。这是一辆车身较高的轻型车，一直顺着左车道前进，似乎打算去东北道。

他调节油门，把车开到这辆轻型车旁，用余光瞟了一眼车上的司机。是一名身材瘦削的老人，车上没有其他人。

男子用左手操作了一下设备开关，紧握着方向盘的右手手心渗出了汗水。

过了一会儿，他再次用余光扫视了一下旁边的车。司机摇头的光景映入眼帘。

①东京都墨田区的町名。

就在他心想该奏效了的时候，提示音响了起来。他踩下油门，车子瞬间便把那辆轻型车甩到了身后，后视镜中照映出了轻型车的车体。

紧接着，轻型车忽然急剧地蛇行起来，最终彻底偏离了车道。

从后边驶来的卡车鸣响了喇叭，随即似乎紧急刹车。

但这一连串动作都为时已晚，轻型车被卡车撞到后弹向了左侧防护栏，前后经过只有短短两三秒钟。他从后视镜里看到了整件事情的经过。

男子笑了起来。每当真的感觉好笑的时候，他的笑总是无声的。

他驾车飞速驶上了常磐道。

难得出来一趟，不如就去兜兜风吧——男子按下音响的开关，车内响起了他最爱的曲子。

抬头仰望着钢筋搭成的大楼，汤川略感眩晕地眯起了眼睛。他的表情看上去有些严肃。

"是从这栋大楼楼顶摔下来的吗？那可撑不了多久。"

"似乎是当场死亡，听说连医院都没去。"薰说道。

"那位上田先生是从什么时候开始在这里作业的？"

"据说是从上上周起，他受雇来涂刷防止钢筋生锈的油漆。"

"事故发生前他一直在这上边作业吗？"

"似乎是的，听说他是在事故发生的三天前起开始涂刷顶楼油漆的。"

"那么，凶手可以提前查知这栋大楼上有未系安全带作业的人员。"汤川指了指上方。

"是这样的。"薰抬头望了望大楼,"不过我觉得从下面很难注意到这一点。"

"似乎的确如此。"汤川环视了一下周围后指着远处,"那栋建筑呢?看起来似乎可以爬到楼顶。"

他指的是一家大型超市,超市顶层是停车场。

"我们去看看吧。"薰向着停在路旁的帕杰罗迈出了脚步。

来到屋顶停车场,薰和汤川从车里走了下来。汤川面朝那栋正在施工中的大楼伸出手臂,竖起了拇指。

"您在做什么?"

"测量距离。"

"哎?"

"我的眼睛到右手拇指间的距离约有七十厘米,拇指则有六厘米。从这里来看,拇指的长度与大楼一层楼的高度相当。"汤川闭上一只眼睛,把拇指和大楼的钢筋重合到了一起,"如果大楼每层的楼高是三米,这里与大楼之间的距离就大约是三十五米。"

薰一脸郁闷地看着物理学家。"我还是第一次见到有人这样把数学运用到日常生活里呢。"

"这可不是数学,是算数。小学的教科书上应该写着有关比例的知识。"汤川若无其事地说完后环抱起双臂,"从这里应该能够看清作业人员的样子,再用上望远镜,就可以看清对方是否系有安全带。"

"但凶手又是怎样从这里把人推下去的呢?"

汤川再次向着大楼伸出手臂,用手比了个手枪的形状。

"曾经发生过一件案子,有人从看台上用激光笔晃花了棒球场上投手的眼睛。市面上出售的激光笔,应该足以射到三四十米开外的地方。"

薰倒吸了一口凉气。"您的意思是，当时凶手用激光笔晃花了被害人的眼睛？"

"有这种可能。"

"我也觉得有可能，因为眼花时人连站都站不稳。"薰脱口而出，就像在漫长的隧道中发现了隐隐闪烁的光芒一般。

但汤川脸上没有任何愉悦的表情。

"您怎么了？我觉得您的说法很有道理。"

"不对。"汤川摇了摇头，"我曾经听说过，经验丰富的工匠身上都具有一种独特的直觉，那是一种经年累月才能培养出来的感觉。上田先生当时之所以没有系安全带，就在于他对自己的这种感觉极有自信。如此经验老到的人不会因为眼花就从楼上跌落。另外还有一点，"他竖起食指接着说道，"我说过，既然凶手自诩是科学家，那他使用的手法就应该有一定的原创性，而不会使用市面上出售的激光笔。"

"那么您说凶手用的会是什么方法呢？"

"你是说从相隔一定距离的地方对他人造成影响的方法吗？激光……如果不是光就是电磁波，再或者……"汤川不再说话，他已经完全融入想象的世界。

物理学家的沉思持续了很长一段时间。随后，薰把汤川送回大学，把帕杰罗开回家停到停车场，回到了警视厅。

"情况如何？"草薙充满期待的声音传来。

薰一声不吭地摇了摇头。

草薙一脸失望地搔了搔头。"就连汤川都一筹莫展啊？"

"今天的死亡事故情况如何？"

"还是老样子，以交通事故居多，共有一百一十九起，目前尚未有人员死亡，不过有一起情况较为严重。堀切 JCT 处发生了一辆轻型车引发的事故，驾车男子重伤，目前仍然没有恢复意识。"

"事故的起因呢？"

"据目前的情况来看，司机驾车时打瞌睡的可能性较高。事故发生前，有数人目击到了那辆轻型车蛇行的样子。"

"看起来与恶魔之手并没有什么关系啊。"薰在椅子上坐了下来。

"对了，那件事你问过汤川了没有？"

"您是指催眠术吗？"

"嗯。"

"问过了。他说他对这方面知之甚少，不敢轻易断言，但就算能够操控他人意识的催眠术真的存在，估计也和本案毫无关联。"

"为什么？"

"因为事故发生时凶手应该并不知道被害人的姓名，否则他就会在预告信中提及。犯罪声明中提到了被害人的名字，但也有可能是事发后他从报道中查到的。如果当时凶手和被害人的距离近到足以施展催眠术，那么凶手就应该能够打听到被害人的姓名——这就是汤川老师的推理。"

"的确如此。"草薙撇了撇嘴，"那家伙听我甚至连催眠术都搬出来了，估计又奚落了我一番吧？"

"不，他甚至还有些钦佩您呢。"

"钦佩？为什么？"

"说是感觉您的思维比以前开阔多了，头脑也变得灵活了些。"

"哦,这还真是少见啊。麻烦你转告他,'承蒙夸奖,我感到无比荣幸'。"草薙转过椅子背对着薰说道。

瞥了一眼晨报社会版的相关报道后,男子喜不自胜,但当他看完整篇报道后,又不悦地咂了咂嘴。

二十六日下午五点左右,首都高速中央环状线内圈的堀切与小菅之间发生了一起轻型车与卡车相撞、造成四车追尾的交通事故,轻型车受损严重。抢救出了一名男子,目前伤势严重,还处在昏迷状态,卡车司机则受了轻伤——报道的内容便是如此。

男子将目光移到电脑屏幕上,上边显示着一份已经录入完毕的文稿,只等打印。

但现在看来,要打印这份文稿似乎还有些为时过早。

也罢——他得意地笑起来。只是将好戏稍稍推迟了些,没什么大不了。

男子暗忖,真希望能够亲眼看看那个卑劣的物理学家在看到这封信时,脸上会是怎样一副表情。

6

薰和草薙一同走进研究室,只见汤川环抱双臂,了无生气地在电脑桌前等他们。

"信呢?"草薙问道。

"就是这封。"说着,汤川从桌上拿起一封被折成长条的信。

草薙站着展开信纸，薰凑到他身旁看了看。

祝好。又有一件事要请你去做，所以我写下了这封信。和上次一样，这次你要办的事也不难，只要登录一下某网站便可。

想必你已经看到了，这是某支职业棒球队的官方主页。我想让你去主页留言板的位置确认一下以"蛇行驾车者"的名字于本月二十五日写下的留言。反正迟早有一天警方会像上次一样去找你，到时候你给他们看看。

还望多多关照。

恶魔之手

"蛇行驾车者啊……"草薙喃喃念道，"你去看过留言板了吗？"

"就是这里。"汤川指了指电脑屏幕。

上边显示着某支职业棒球队的拥趸们写下的留言。二十五日夜里确实有一个名为"蛇行驾车者"的人写过留言，标题是"各位请注意"。

各位请注意　蛇行驾车者　25 日 20 点 18 分

昨天那场球打得确实精彩，期待他们今后的表现。

在他们获胜的那一瞬间，我正驾车行驶在首都高速公路上，由堀切 JCT 到小菅 JCT^①的途中。由于太过激动，我当时差点儿就放开了方向盘。今后一边听广播一边开车的时候，还得多加

———————————

①小菅系统交流道，位于东京都葛饰区，是连接首都高速中央环状线和六号三乡线的立交桥。

注意啊。

草薙扭头和薰对望了一眼，薰点了点头。

"又是一封预告信吗？"汤川问道。

"错不了。刚才组长让我看了看这东西，据说是今早送到科长手上的，所以我才联系了你。"草薙递来一张纸。

薰已经和草薙一起看过了，全文如下：

致亲爱的警视厅诸君：

　　我又一次展示了恶魔之手的威力。二十六日下午五时许，一个名叫石塚清司的人在首都高速公路上引发了一起交通事故，这件事也是因我的力量而起。和上次一样，我事先也预告过此事，你们就去找副教授一趟吧，他应该会告诉你们我的预告写在了何处。

                            恶魔之手い行 C 列 78

看完，汤川抬起了头。"那么，真的发生了这样一起事故？"

草薙点了点头。"是的。二十六日的确有一辆轻型车撞到了堀切 JCT 到小菅 JCT 之间的防护栏上。驾车男子在被送往医院途中失去了意识，但尚有气息，不过最后还是不治身亡。"

"地处事故多发路段吗？"

"是的，但造成人员死亡的事故倒也并非每年都发生。"

汤川跷起二郎腿来，就如同罗丹的雕塑作品《思想者》般用手支撑着下巴。

"那么此事就并非巧合这么简单了，或许认为凶手通过某种方式与这起事故有所关联的观点要更加稳妥一些啊。"

"但是这场事故没有什么疑点。据目击者说，当时那辆轻型车忽然间蛇行了起来，被从后面驶来的卡车撞到后，又自己撞上了防护栏，可见这是一起典型的因疲劳驾驶引发的事故。负责处理事故的警察对卡车司机是否注意到前方有车辆抱有怀疑，所以事后展开了极为细致的调查，却没有发现任何可疑之处。当时车上只有该男子一人，未曾饮酒，车也没有被人动过手脚的痕迹。不管怎么看都是一起意外事故。"

"但这样就无法对预告做出解释了。"汤川指着电脑画面，"上次那起坠楼事故是否查到了什么？"

"只查明了死者以前从未从楼上摔下过，也从未出现过险些跌落的情况。"草薙回答道。

"那么，凶手不光导致了在高处单独作业的经验丰富的施工人员失足跌落，还让一个司机未能及时修正行驶方向而酿成一起事故。的确，他这种想要高呼'恶魔之手在我手中'的心情倒也不难理解。"

"对方寄来第二次行凶的犯罪声明后，高层也开始惊慌起来。既然有预告信存在，我们便不能再坐视不管了。汤川，拜托了！想办法把这个恶魔之手的真面目查出来吧，敌人已经很明显地向你发起了挑战。"

汤川摊开了双手。"对我发起挑战有什么用？凶手只用向警方发起挑战就行了，就算他战胜了我也得不到任何奖品。"

"但凶手确实对你抱有强烈的敌意，不然也不会做出通知你写有预告的留言板究竟在何处这种麻烦的举动。这么做的目的就是要把你也牵扯到案件中来。"

"或许你说得没错，但对我而言这是件很麻烦的事……"汤川两眼望着电脑，"不知凶手下次是否还会继续使用互联网。"

"我们已经查明，上次凶手是从池袋的一家网吧里发布预告的。"草薙说道，"但那家网吧不出示身份证也能进入，所以想要找出凶手极为困难。我们已经分析过视频监控录像，不过一无所获。"

"凶手不会胆大妄为到下次还去同一家网吧的地步，不过说来奇怪，凶手为何如此执着于互联网呢……"汤川一脸沉思的表情，随后挺了挺背，"记得你说过案件是在二十六号发生的吧？今天几号？"

"三十号。"薫回答道。

"凶手是在昨天二十九号寄出的犯罪声明，即行凶的三天后。在这几天内他究竟做了什么？为什么不在行凶后立刻寄出犯罪声明呢？"

"确实有些奇怪。他上次行凶是在二十号，而信是在二十二号寄到的，那么上次凶手是在行凶后第二天寄出的信。"

"或许凶手自己出了些问题吧。"草薙说道，"那家伙应该也有工作，估计工作上的事导致他没时间写信或者邮寄。"

"不，写信的时间凶手还是有的，他不是二十五号晚上在网上写了留言吗？既然有时间写预告，就应该同样有时间写犯罪声明才对。邮寄也是一样，不管再怎么忙，把信封扔进邮筒的时间还是有的。"

"这么说来倒也没错。"草薙搔了搔头。

"究竟是怎么回事？凶手为什么整整三天都没有采取任何行动？"汤川用手捂着嘴，若有所思地望着前方。

这时，草薙的手机响了起来。他从口袋里掏出手机，对汤川说了句"失陪",走远两步接起电话,捂住嘴讲了起来。

"哎?您说什么?"草薙忽然间提高了声调,"那么后来科长他们是怎么做的呢……是吗……是的,已经确认过了。果然有预告信,写在某支职业棒球队的官网上……是,我知道了。"

讲完电话,草薙一脸严肃地走了回来。

"看来似乎并非什么好消息。"汤川说道。

"事情麻烦了,内海,我们得回警视厅了。"

"发生什么事了吗?"

"那混蛋给电视台写了封信。"

薰"哎"了一声,站起身来。

"信中似乎让电视台的人来找我们询问墨田区两国的坠楼事故和堀切 JCT 的交通事故,而且写信人还自称恶魔之手。"

"这可怎么办呢?"

"为避免造成混乱,高层认为或许还是抢先召开记者见面会为好。不管怎么说,骚乱都会扩大的。那家伙整天净给我们找麻烦——喂,汤川,"草薙手中紧紧攥着手机,两眼望着老朋友,"我们也不想给你找麻烦,但这次情况有些特殊,如果你能协助我们,到头来也会对你有好处,你应该明白吧?"

汤川一脸难以释然的表情,极不情愿地点了点头。"似乎的确如此。毕竟只要案子一天没破,你们就还会来这里骚扰我。"

"那就指望你了。你不是说过,你绝对无法饶恕那些用科学来杀人的人吗?"

汤川微微动了动眉毛,对薰说道:"麻烦你收集一下那起首都高速公路事故的相关资料吧。"

"我知道了。"薰答道。

7

"……就是这么回事。当时我们根本无法对这个自称恶魔之手的人寄来的信做出准确判断，无法分辨出对方是否在恶作剧。发生坠楼事故后，我们意识到可能并非恶作剧，而就在我们调查对方究竟是怎样行凶的时候，首都高速公路上便发生了交通事故。"

警视厅搜查一科的木村科长面无表情地说道。此人长着一张国字脸，留着短发，肤色黝黑，额头宽阔。

电视上正在播放今天下午召开的记者见面会。男子浏览着新闻节目，反复观看相同的画面。

"那么，恶魔之手究竟是怎样的一个人这一点，警方至今还没有任何线索吗？"记者提问道。

"目前我们正在向专业人士寻求意见，展开调查。"搜查一科科长含糊回答。

"您说的'专业人士'，是否就是那位曾经引起公众议论的物理学家呢？"

"我们在调查时会向各行各业的专业人士寻求协助，并不特指某一个人。"

"听说那封寄到电视台的信上说，就连那位曾协助警方解决了多件疑案的科学家这次也一筹莫展，警方对这一点有何想法呢？"

"没什么特别的想法。"木村的表情严肃了起来。

接下来画面便被切换到了男播音员，看到电视上已经开始播报下一条新闻，男子用遥控器关掉电视，随后在地上摊开手脚躺成"大"字。

他情不自禁地笑了起来。

他终于做到了，警方终于承认了恶魔之手的存在。不仅如此，他们还把这事公之于众，恶魔之手的实力终于被认可了。

他心想，自己终于走到这一步了。只要心中有这种想法，警察之流根本就不足为惧。而且世人不愿承认他的实力这一点也实在有些讲不通。他爬起来，打开电脑的文字处理软件，双手轻轻地放到了键盘上。他先打出"致亲爱的警视厅诸君"这句他惯用的开头，然后开始思考如何措辞。

接下来是问题的关键所在：究竟用怎样的语言才能更有效果呢？自己该怎样宣告，才能让世人更加清醒地认识到恶魔之手的力量呢？

眼看着自己敲出的字出现在电脑屏幕上，男子唇边露出了笑容。他感觉人生突然间充满了乐趣。

致亲爱的警视厅诸君：

前两天搜查一科科长主持的记者见面会非常成功。多亏于此，恶魔之手的名号也在一夜之间响彻全日本。我在网上搜索了一下，点击量已经高达二十五万次，而网络上的博主们也得到了一些令人期待的素材，这令我非常满意。

事到如今，令人担忧的就是上次我在信中提到的冒名者出现一事了。不知诸位是否知道，在一些大型门户网站的留言板上已经出现了不少自称恶魔之手的人的留言。

你们警方应该也不希望看到冒名者层出不穷这种状况吧?

因此，我郑重告诫你们一句，千万要慎重保管好那张随机数字表，绝不能把内容泄露出去，否则今后你们便必须面对极为繁重又棘手的麻烦。其中的意思，迟早有一天你们会明白。

敬请期待事态出现新的进展吧。

恶魔之手お行 C 列 61

草薙叹了口气，把复印件放到了桌上，间宫和多多良两人坐在会议桌对面。

"彻底得意忘形了啊，以为自己成名人了。"多多良哼了一声，"就连综艺节目似乎都把这事当成素材了，真是没办法。不过凶手的目的究竟何在?"

草薙思索片刻后答道："从信上完全搞不清楚凶手到底在想什么，不过他似乎很担心会有冒名者出现，而信里也提到互联网上已经开始零星地出现冒名者。已经让岸谷去调查这件事了。"

"网上新出现的那些都是冒名者所为吗?"间宫问道。

"从留言的内容来看，应该是冒名者所为。当然了，一口咬定也是大忌。"

多多良靠在椅背上，跷起脚来。"真不明白对方到底在想什么。他已经顺利得手了两次，我还以为这次他会向我们提出金钱方面的要求呢。"

就在这时，门外传来了敲门声。多多良回应了声"请进。"

房门打开，岸谷探头朝屋里望了望。

"怎么了?"草薙问道。

"四叶房地产总务部的人来了。"

"四叶房地产？他们来干什么？"

"这个嘛……"岸谷舔了舔嘴唇，"据说恶魔之手寄了封恐吓信到他们公司。"

"你说什么？"多多良大声说道。

"他们有没有把那封恐吓信带来？"草薙问道。

"带了，现在他们正在会客室里等候。"

草薙把脸转向间宫和多多良。

"好，去和他们谈谈吧。"多多良说道，"如果是恶魔之手所为就立刻通知我。"

"明白。"说着，草薙站起身来。

在会客室里看完对方递来的恐吓信，草薙便分辨出信是冒名的了。信上的字体和文体全都和以前寄来的那些信大相径庭，最为关键的是，信里并没有那张随机数字表的数字。

恐吓的内容是：如果不想看到施工现场发生死亡事故，四叶房地产必须准备好三亿现金，接头的方式则会另行通知。

草薙告诉四叶房地产的总务部长，说这封信百分之九十九是有人冒名寄来的。

"是吗？不会有错吧？"总务部长依然有些不安。

"我们目前还不能公布太多详细情况，但冒名信件和真正出自恶魔之手的信件有很明显的区别标记，而这封恐吓信中没有。"

"原来是这样，有您这句话我们就放心了。"

"虽说这封信或许是恶作剧，但也不排除有人打算搭恶魔之手案件的顺风车图谋不轨的可能性。如果下次再收到恐吓信，还望您告知我们。"

"我知道了，十分感谢。平常我们也不会被这样一封恐吓信吓得如此狼狈，但看到落款是恶魔之手，我们确实有些慌了。"总务部长看起来似乎已经放心了。

送走来人，间宫叹了口气。"说来惭愧，幸好那混蛋给我们送了张随机数字表来。如果手上没有那张表，估计我们又要被狠狠要上一通了。"

"或许凶手信里那句'千万要慎重保管好那张随机数字表，绝不能把内容泄露出去，否则今后你们便必须面对极为繁重又棘手的麻烦'，指的就是这种事啊。"

"的确，假如冒牌货层出不穷，我们根本受不了。"间宫一脸沮丧地说道，"总而言之，当务之急便是揭穿恶魔之手的真面目。你那边有什么进展？"

"内海正在带他勘查现场。"

"带谁勘查现场？"刚说完，间宫便恍然大悟般点了点头，"这主意不错，值得期待。"

"坐在车里确实能让人心平气和啊。近来研究室里的电话总是响个不停，让人心烦意乱。"汤川坐在副驾驶席上说道。

"电话为什么会响个不停呢？"

"麻烦你别明知故问，还不是因为那个自称恶魔之手的凶手给电视台寄了封多事的信！他要自诩为了不起的犯罪者是他的自由，可那句'就连那位曾协助警方解决了多件疑案的科学家这次也一筹莫展'却搞得我一下子得处理许多采访请求，真麻烦。看来'T 大学 Y

副教授'的真实身份早已在媒体圈中人尽皆知了。"

"嗯，世界可真小。"

"我这种水平的物理学家有很多，不过是受朋友之托协助了警方几次而已，被人当成业余侦探并非本意，只会给我徒增烦恼。"

"如果他们再来打扰就告诉我，我会出面制止，老师您完全不必理会他们的采访请求。"

"不用你说，我是不会接受采访的。"汤川不冷不热地说道。

薰驾驶着帕杰罗在首都高速中央环状线内圈行驶，此刻车子已经驶过向岛线的交汇点，向着小菅 JCT 驶去。

"这一带确实具备事故多发地段的所有条件，不但交通流量大，在很短的一段路内分流汇合连续不断，而且弯道也挺多。"汤川巡视周围。

"您说得没错，事故就发生在前边不远处，在前往东北道的中央环状线和通向常磐道的六号三乡线分道口前。"

汤川环顾四周，叹了口气。"不可能啊。"

"什么不可能？"

"上次我和你说的那种用激光笔晃花对方眼睛的方法果然不现实，因为司机驾驶时双眼会正视前方，如果想用激光晃到司机眼睛上，凶手必须把车子保持在目标正前方不远处。即便有多人协同作案，负责投射激光的人坐在后排座位上，想要在这种车辆位置瞬息万变的情况下一直用激光照射司机的眼睛也几乎不可能办到。如果只晃几秒钟或许可以，但那样几乎不会引发事故，而且还会引起对方的疑心甚至是报警。我们得放弃使用激光笔这一想法了。"

"那凶手究竟是怎样引发事故的呢？"

"我们不正是因为搞不明白这一点才来勘查现场的吗？这一路上车真多，这么多车高速行驶着却还能互不擦碰地来回变更车道，这一点宛如奇迹。"

"我一直想问，汤川老师您没有驾照吗？"

"我有，因为可以拿来当身份证用。"

"但您从不开车吗？"

"感觉没这个必要。"

看来是个"纸上司机"啊。薰忍着没把这句话说出口。

千住新桥出口就在眼前，薰开启转向灯，改变了车道。

"听说堀切 JCT 是处事故多发路段？"

"是的，首都高速的官方主页上也有介绍。"

"除此之外估计还有许多这样的路段吧？"

"有，记得光是首都高速就有十几处。"

"十几处？真不知东京都内每天都要发生多少起交通事故。"

"每天的具体数目都不同，但平均每天会有一二百起。"

"光是首都高速呢？"

"具体数字我记不清了，但去年一年里共发生过一万两千起左右，算下来每天也有三十多起。"

"这样啊，你了解到的情况还挺详细。"

"我想或许这些信息会派上用场，临出门的时候就查了一下。"

"不愧是内海啊，难怪草薙那么信任你。"

"草薙前辈？信任我？"

"因为你身上有许多他不具备的特质。"

"是吗？"薰差点儿笑了出来，"比如说呢？"

"比如说女性特有的直觉、女性特有的观察力、女性特有的顽固、女性特有的执着、女性特有的冷淡……还要我继续说下去吗？"

"不必了。言归正传，首都高速的事故数量有什么问题吗？"

"刚才你说过，首都高速有十多处事故多发路段，那么是否有可能凶手连日里一直在互联网的多处留言板里散布这些地段将会发生事故的留言呢？既然每天发生的事故多达三十多起，那么凶手写下过留言的地方正巧发生事故的可能性也不小。假设二十六日堀切JCT发生了一起事故，凶手为了诈称事故是自己引发的，就向警方寄出犯罪声明，再将留有疑似犯罪预告留言的网址告诉我——这种推理你觉得如何？"

"确实有这种可能……那么老师您的意思是说，其实根本就不存在什么恶魔之手，只不过有人在虚张声势罢了？"

"我的意思是说，发生在首都高速上的事故或许可以用这样的假设解释，至于发生在墨田区两国的那起坠楼事故，这种假设就站不住脚了。"

"刚才我的确说过首都高速每天会发生三十起左右事故，但并非都是重大事故，其中绝大部分都只是些损害甚微的小事故而已，实际上整个东京平均每天死于交通事故的只有一人。这次在堀切JCT发生的事故，也并非每年都会发生多起的那种规模。我个人不觉得这是一次正合凶手之意的偶发事故。"

薰看到副驾驶席上的汤川环抱起了双臂。"因交通事故而死的人数真令人感到意外，我原以为会更多一些。"

"毕竟数据来自警视厅，或许和实际数目多少有些出入，比如这次在堀切发生的死亡事故就没有被列入警视厅的记录。"

"怎么回事？"

"是警察厅的定义问题。只有在事故发生后二十四小时以内死亡的人才会被认定为死于交通事故，而这一次的事故中，死者是在连续昏迷两天后死亡的，所以就被排除在定义之外了。"

汤川坐起身来。"昏迷了两天？是真的吗？"

"准确地说，是一天零二十个小时。有什么问题吗？"

汤川并没有立即回答。薰用余光瞟了一眼，只见他把指头放到了眼镜下，按住了两眼的眼角。

"莫非是……"

"您想到什么了吗？"

"我要整理一下思绪，找个可以喝咖啡的地方停车吧。"

"好的。"帕杰罗开下了高速公路。车载导航显示，附近有家咖啡厅。

"……是。是吗？那么那篇报道是在二十九号发布的啊？我知道了，谢谢您。"

挂断电话，薰回到咖啡厅的桌旁。汤川一脸沉思状坐在椅子上，面前的那杯咖啡似乎比薰出门打电话之前更多了，看来他续过杯了。

"我确认过了，石塚清司先生的死讯果然是在二十九号才报道出来的。虽然在二十七号的晨报上也报道过一次，但当时说的是身受重伤，失去意识。因为最后成了一起致人死亡的重大事故，所以报社二十九号又登载了此事的后续报道。"

"那么坠楼事故又是什么时候登载的呢？"

"是在二十一号的晨报上。"

汤川满意地点了点头。"这样疑问也就迎刃而解了。凶手是根据报道确认后才寄出了那份犯罪声明，这也正是第二次事故发生后凶手三天没有动静的原因。现在的问题就在于他为什么要这么做了。"

"或许是想知道被害人的姓名吧。凶手在犯罪声明中提到了被害人的名字，而在二十七号的初次报道中并没有提及。"

"那凶手为什么非这么做不可呢？就算他没把被害人的名字写上，只要写明自己引发了哪起事故就行了。"

"或许他觉得写上名字更具震撼效果。"

"是吗？可我不觉得这值得让他拖延三天才寄出犯罪声明。我认为凶手关注的是被害人是否已经死亡这一点。"

"您这话是什么意思？"

"你还记得第一封信的内容吗？我记得信上说，他拥有恶魔之手，可以随心所欲地葬送掉任何人，而警方只能将死因断定为事故——不是吗？"

"没错，我记得大概内容就是这样。"

"凶手宣称他可以用恶魔之手任意杀人，而且还能将谋杀伪装成事故。或许他觉得首先要确认被害人已死，随后才能寄出犯罪声明。"

"那么如果被害人没死，他就不会寄出犯罪声明吗？我倒是觉得就算被害人没死，只要他能随心所欲地引发事故也够厉害的。"

"不，这肯定不行。"

"为什么？"

汤川微微一笑。"有意思，果然是这样。以前我对凶手如此执着于互联网感到纳闷，现在这个谜或许已经解开了。"

"到底是怎么回事？请您解释一下吧。"

"在此之前，我有件事想麻烦你。请帮我查一下十天内东京都发生的交通事故，关键是事故发生的地点和当时的状况。"

"十天内……要调查所有交通事故，而不仅仅是死亡事故？"

"不需要调查死亡事故。除此之外的事故都列个清单给我。"

"汤川老师，我刚才说过，东京每天平均要发生一二百起交通事故，如果以十天为限，数目会增加十倍。"

"是吗？这有什么问题？"

别以为事不关己就可以随意胡来——薰最终还是把这句话咽回肚子里，因为自己毕竟有求于人。

"没问题。调查完事故发生的地点后，还要做什么？"

"还用说吗？当然是在网络上搜索了。"

"网络？"

就在这时，薰的手机响了，是草薙打来的。

"查到什么了吗？"对方劈头便问。

"汤川老师似乎已经有了一些头绪。"

"那就好。跟他说请尽快揭穿恶魔之手的真面目吧，现在我们大事不妙了。"

"怎么了？"

"恶魔之手给一家企业寄去一封恐吓信，最糟糕的是这次是真的，信上附有那张随机数字表上的数字。"

"什么企业？"

"一家游乐园。"

8

致东京微笑乐园诸君：

我是恶魔之手。如果你们怀疑我是冒牌货，就把这封信拿去警视厅核实一下好了。搜查一科的那些家伙肯定会告诉你们这封信是真的。

这次我给你们写信，为的就是向你们提个要求。

不过我并不想要钱。

我要求你们从下周一开始停业一周，禁止任何游客进入东京微笑乐园。当然了，灯光和音乐也全部禁止开启。

如果你们不听从我的要求，我就向到访东京微笑乐园的游客发动恶魔之手。我想你们应该也很清楚，警方阻止不了我。他们如今就连恶魔之手究竟是何物都还没搞清楚。

你们最好乖乖听令，这是为了你们自己好。

恶魔之手之行 B 列 13

看完恐吓信，薰抬起头，只见坐在会议桌对面的草薙叹了口气。

"这封信似乎是在今天寄到游乐园事务所的。信封和信纸都与以前送到警视厅来的完全一样，而且使用的是同一台打印机。不用说，信上的数字也和那张随机数字表上的一致。这封信是不折不扣的真信。"

"您告诉微笑乐园的人这件事了吗？"

"当然告诉了，把那负责人吓得够呛。毕竟连日来媒体一直在对恶魔之手的事展开报道，冒名恐吓的事也层出不穷。在这个时候收到真凶寄出的恐吓信，难免被吓得失魂落魄。"

薰点了点头。近来确实有一些冒名的恶魔之手在各种以网络为中心的平台上兴风作浪，前几天还有人以恶魔之手为名在网络留言板上扬言说要炸毁某所初中，实际上是一个就读该校的学生在自家电脑上散布的消息。据那个学生说，只要自称恶魔之手，众人就会惧怕不已，所以他就满不在乎地写下了留言。为了让这次冒名骚动沉寂下来，前几天搜查一科科长木村再次召开了记者见面会，宣布警视厅手中掌握着分辨真伪恶魔之手的办法，那些冒名者的恶作剧行为毫无意义。可是就目前来看，似乎收效甚微。

"那他们准备怎么办？停业吗？"

"目前微笑乐园的工作人员还在讨论，看情形他们似乎打算乖乖听命了。"草薙懊丧地咬着嘴唇，"毕竟万一游客有个什么三长两短，他们今后可就吃不消了。"

"难道凶手对微笑乐园怀恨在心？"

"有这种可能，现在已经派弓削他们去微笑乐园公司总部了。"间宫说道。弓削也是间宫的部下，如今和草薙一样同为主任。

"我倒觉得未必。停业一周对游乐园而言的确是个沉重的打击，但如果凶手真是为了报仇，这样的要求似乎也太过手下留情。"草薙歪着头说道。

"那么凶手的目的究竟是什么？他为什么要让游乐园停业一周？"

"正是因为不明白这一点，我们才束手无策啊。"草薙揪住了头发，

"汤川能解开谜团吗？"

"现在还不清楚，不过他让我去调查一些东西。"

"调查什么？"

"说是让我上网搜索近十天东京发生的交通事故的地名和关键词，他说网上一定有这样的事例，即凶手在留言板上写下了犯罪预告，但因被害人并未死亡而没有寄出犯罪声明。"

一觉醒来，男子先看了看枕边的闹钟，时间是上午十点多。昨夜喝酒喝到很晚，他现在感觉脑袋有些发沉。从一年前起，如果不喝醉，他就整夜难眠。

他爬出被窝，拿起桌上的望远镜走到窗边，深呼吸了一下，拉开了窗帘。远处是游乐园的摩天轮，他把望远镜举到眼前，调整好焦距，仔细凝视顶端那个蓝色车厢。

他一直盯了二十秒，车厢的位置并没有丝毫改变，一直停留在转盘的顶端。

他把望远镜扔到一边，打开桌上的电脑，上网登录某个主页。

屏幕上显示出了他方才看到的摩天轮，以这张照片为背景，主页上还有这样一段文字：

致歉信

本游乐园因设备整修，从今日起暂停营业。

对各位游客造成的不便，还请谅解。

重新营业的日期，我们将会在本官网另行告知。

东京微笑乐园

看完，男子脸上不禁浮现出笑容。他摊开四肢，在榻榻米上躺成"大"字，无声无息地笑着。

做到了，我终于做到了！如今世人都对我心存畏惧，再没有任何人胆敢反抗我了！

9

歌声融融　陶醉司机　22日20点13分

我也收看了昨晚的节目，那美妙的歌声实在令人感动不已。

开车的时候，我也时常会放她的CD。

明天，即23日，我将会在行驶到首都高速四号新宿线上行车道接近代代木PA的地方把音量开到最大，播放她的曲子。偶然从我身边路过的司机可要注意了，千万别因陶醉于歌声之中而引发事故啊。

看完纸上的内容，间宫抬起头来。

"怎么样？"草薙问道。

"的确和以前的那些留言很相似。"间宫说道，"你们是从哪儿发现的？"

"一个年轻女歌手的声援主页上。"

"亏你们能从那种地方查到这个，真是难为你们了啊。"

"听内海说，找这东西整整花了她两天。"草薙苦笑了一下。其实他心底也对内海的干劲和执着钦佩不已。

汤川指示内海在网上搜索交通事故发生的地点和关键词，正是为了查出凶手行凶失败的案例。

草薙回想起了内海当时的解释。

"凶手首先在网上的留言板上写好犯罪预告，于翌日实施计划，但他并非每次都能得手。估计失败的情况下他既不会给警方寄出犯罪声明，也不会告知汤川老师犯罪预告究竟写在哪里。问题就在于，究竟怎样的情况才算是失败。如果未能引发事故当然就算作失败，但从凶手寄来犯罪声明的时机来看，即便引发了事故，如果被害人并未死亡，对他来说也是失败。很明显，每次都是报上先登载过死亡报道后，凶手才寄出声明，这说明很可能存在因被害人未死而最终没有寄出犯罪声明的事故。当然，在这种情况下，凶手应该也在某处留言板写下过犯罪预告。"

基于这样的假设，内海薰上网彻底搜索了近十天发生的交通事故的关键词。她似乎从一开始就把范围限定为首都高速上发生的事故，这一做法正中红心。

二十三日下午，在首都高速四号新宿线的上行车道上发生了一起一名年轻女子驾车与公路防护栏擦碰的事故，因此内海薰以"首都高速四号""新宿线""驾驶""代代木 PA""23 日"等关键词展开搜索，最终发现了间宫方才看到的那段留言。

"事故很轻微，而且听说那名女子也没有受太重的伤。"草薙说道。

"凶手为何如此执着于被害人是否死亡呢？"间宫不解地说道。

"问题就在这里。汤川觉得或许恶魔之手有个弱点，如果被害人没死，恶魔之手的情况或许就会暴露。"

"是吗？那么去找事故生还者问问，或许能查到什么。"

草薙微笑着点了点头。"现在内海应该正在打听。"

天边恭子上班的地方位于日本桥，她在一家经营家具和室内装潢的公司担任室内装潢设计师。

坐在平日用来接待顾客的大厅里，天边恭子稍显紧张，这也难怪，毕竟对方是警视厅的人。她似乎把薰身旁的那位男子也误认为刑警了，得知对方是位物理学家后，她睁大了眼睛，随后又不断眨起了眼。

"天边女士在二十三日出了一起交通事故，我们想请教一些有关此事的问题。"

薰刚说完，天边恭子就露出了一副不安的表情，目光也开始闪烁。

"我已经都照实说过了……"

"这我知道，但还有些事想请教您一下。我们不会对您追加处罚，请您放松一些。"薰笑着说道。

"嗯。"天边恭子态度暧昧地点了点头。

薰对汤川使了个眼色，示意接下来的事就交给他了。

"从警视厅的记录来看，您当时感到一阵眩晕，能再具体说明一下吗？"汤川开口说道，"究竟是怎样的眩晕感呢？"

"怎样的眩晕感……"天边恭子愁眉苦脸地说道，"就是感觉眼前天旋地转，甚至连坐都坐不稳，都不知道该怎么打方向盘了，但我也不能紧急刹车。就在我心里发慌，觉得必须做点什么的时候，车就撞到防护栏上了。"

"您以前是否遇到过这种情况呢？"

天边恭子坚定地摇了摇头。"以前从没发生过这种事，事故发生后我去检查了身体，医生也说我没有什么问题，如果你们要看诊断书的话也行。"

汤川脸上露出了苦笑。"我们并不是怀疑您隐瞒病情违章驾车。那么您是第一次遇到这种情况吗？"

"是的。"

"在出现这种症状前您是否吃过或者喝过什么呢？"

"没有，我什么都没吃，也没喝过酒。"

"当时的症状就只有眩晕吗？还有没有其他不适？"

"除了眩晕外还有些耳鸣。"

"耳鸣？"

"眩晕前就感觉有些耳鸣了，就像是嗯的一声巨响一直传到了耳朵深处。"或许是因为回想起了当时的感觉，天边恭子一脸不快地皱起了眉。

"听起来有些像美尼尔氏综合征的症状。"汤川说道。

天边恭子嗖地直起背来，点了点头。"一开始医生也是这么说的。"

"但检查后又推翻了这种说法？"

"是的，检查得很细致，最后医生估计是我精神压力太大而导致暂时性地出现了这种症状。"

"那之后是否再次出现过呢？"

"没有。不过我一直心有余悸，所以后来很少开车了。"

"这样也好。"汤川冲着薰轻轻地点了点头，他似乎问完了。

向天边恭子表达了谢意后，两人离开了那家公司。

"有什么收获吗？"走到大路上后，薰问道。

"得到一点启发，问题就在于该怎样去证明了。"

"我想听您说说是怎样的启发。"

"不，现在连假设都还算不上，再给我点时间。"

薰焦躁起来，皱起了眉头。"老师您知不知道，到这周为止，恶魔之手已经寄出三封恐吓信了。不光音乐会和文娱活动因此中止，就连马拉松大赛也不得不延期举办。如今凶手已经猖狂到了极点，以为只要抬出恶魔之手的名头来，不论是谁都会乖乖听命。我们不能对这样的事坐视不管。"

"音乐会、文娱活动和马拉松啊……记得上次是游乐园吧？看来凶手似乎不想让其他人开心，真是一个性格阴暗的人。"

"现在不是聊这些的时候。今后凶手的要求肯定还会逐步升级，最后发展到勒索金钱也不过是时间问题。老师，这可不是单纯的研究，请您务必——"

"谁说这是单纯的研究了？"汤川的眼睛在镜片后闪现光芒，"我打心底里鄙视本案的凶手，虽然并不清楚他对我怀有怎样的怨气，但我绝对不会轻易放过这种随意杀掉两位无辜者、以恐吓别人为乐的人。无论如何我都会亲手把他揪出来，让他赎偿自己的罪孽。所以呢，"他温柔地冲着薰微微一笑，"再给我点时间，放心，不会让你等太久。"

薰回望着汤川的眼睛，点了点头。

10

男子坐在电脑前，连接上互联网，准备搜集各种信息。

他在网上徘徊的目的只有一个，那就是寻找下一个目标。

如今世人已经把恶魔之手当成了神通广大力量的代名词，只要用这名头来恐吓，不管哪家企业都不敢违逆，任何人都会乖乖听命。

在一个有关股票交易的留言板中，人们纷纷揣测或许恶魔之手是为了靠股票来大捞一笔。比如先做空某家企业的股票，再散布出恶魔之手已经瞄上了该企业的消息。这样股价势必暴跌，如果趁此机会大笔购入该股票，再把股价炒回去，恶魔之手就能够从中获得巨额利润了。

原来还有这样的用法啊，男子忽然间有种茅塞顿开的感觉，此前他甚至从未有过用恶魔之手来捞钱的想法。

而他今后也不会有。

他追求的只有名誉，这是他早就应得的东西。如今他最大的期望，就是让世人都见识一下自己的实力。

从目前的报道来看，不光是警方，就连政府首脑都对恶魔之手感到头痛不已。真是愚蠢至极！那些整天只会舞文弄墨的家伙，又岂是我恶魔之手的对手？

不如就来彻底威胁国家吧——他脑中忽然闪现出这样一个念头：把那些政治家和官员的薪水减半，解雇六十岁以上的议员。如果不遵从指示，就每天都用恶魔之手葬送掉一个国民。干脆就这样威胁他们如何？

男子脸上浮现出了苦笑。这种事根本就是胡来，那些家伙绝对不会服从。那些政治家和官员们根本从来就没把国民的性命当回事。

还是以企业为恐吓对象好些，如果他们无视恐吓而造成他人牺牲，该企业的形象就会无可挽回地一落千丈。如果牺牲者正是该企业的客户，那么对他们而言情况就更加不妙了。

男子望着电脑，操作鼠标，查找适合作为恐吓对象的企业。越是风头正劲的企业就越有威胁的价值。

他试着搜索热门话题，出现了许多消息。

他的目光停留在了一篇文章上，因为文中出现了恶魔之手的字样，标题则是"物理学家声称恶魔之手不足为惧"。

他立刻点开该文章。

如今，由一个自称恶魔之手的不明身份之人引发的恐吓案件持续不断。音乐会、演出等文娱活动被迫中止，几天前的一场马拉松大赛也因此被迫临时取消。

现已查明，东京微笑乐园也是因遭到恶魔之手恐吓而停业的。迄今为止，警方似乎依旧束手无策。

拥有能够引发死亡事故的恶魔之手之人不仅身份不明，而且令人恐惧，我们今后是否也只能屈服于其恐吓之下呢？记者就此事采访了曾在多件案子中协助过警视厅的 T 大学物理系的 Y 副教授，却得到了令人感到意外的回答。

"听从恐吓完全没有意义。原因在于，从调查来看，尽管恶魔之手能够在特定地点引发事故，却并不能让特定的人死于事故。

凶手确实在犯罪声明中提到过被害人的姓名，但很明显这是他在事后通过各种报道查知的。因此凶手其实是在根本不知道对方是谁的情况下随意杀人，并非有目的地无差别杀人，只是在无差别杀人而已。从这层意义来说，恶魔之手与爆破狂、纵火犯之类的人其实别无二致。以前出现过不少爆破狂和纵火犯恐吓企业的案例，对应处理的办法就是加强防备。基于这样的原因，我才说屈服于恶魔之手的恐吓完全没有意义。"

恶魔之手果真没有向特定个人下手的力量吗？如此说来，他发布的犯罪预告中确实从未提到过被害人的姓名，只提到了地点和日期，那么的确可以把恶魔之手当成寻常的爆破狂和纵火犯来对待。最后，记者请 Y 副教授推断所谓的恶魔之手究竟是什么。

"估计不过是老掉牙的手段罢了。我认为与防范爆破狂和纵火犯时一样，最为重要的就是对身边的可疑事物和可疑人物多加留心。"

原来如此。看来恶魔之手确实不足为惧。

男子紧紧握拳，一拳砸到桌面上，震得桌上的电脑弹了一下。

老掉牙的手段——这句话令他自尊受伤，相当于在他熊熊怒火之上浇了一勺油。

既然如此，那么我也有我的打算。岂能眼睁睁地看着一个对恶魔之手一无所知的人如此口出狂言？何况还是那个人，那就更得让他尝尝我的厉害了。

男子站起身来，环抱双臂，来回踱步。没过多久，他在书架前停下脚步，从架上抽出了一本文献。

文献的标题是"有关在超高密度磁记录中的磁致伸缩控制方法的研究"。

他在讲台上发表这篇论文时的情景，犹如昨日之事一般在脑海中复苏了。夹杂着期待与怀疑的目光不断地投射到这个年轻的研究者身上，大屏幕上则接连不断地显示着令那些头脑顽固的家伙震惊不已的研究成果。他用充满自信而气势十足的声音对这些成果——加以说明。

研究成果的发表会平安无事地结束了。他心中已经确信了自己的胜利，通向美好未来的道路似乎就此铺好了。

提问时间到了。预料之中的问题、定会出现的问题、莫名其妙的问题向他轮番轰炸而来，但他没有丝毫畏惧和动摇，而是用准确而浅显易懂、有时甚至感觉略带藐视的话语从容应对。

主持人的声音响了起来："各位还有什么问题吗？"

就在他认定面前的众人已被驳得再无还手之力时，后排座椅上高举起一只手来，手臂格外细长。

一名男子站起身来，在报过姓名后提出了问题。

听完问题，他感到有些狼狈。这个问题令他始料未及，心中的惊慌体现在语调中，此前应对如流的伶俐口齿彻底消失，变得结结巴巴。就连他自己都能够感觉到，这一回答并不能令听众满意。

提问的男子并没有乘胜追击继续追问，但这一举动深深地伤害了他。他感到对方似在施以武士的最后怜悯，放过了自己这个不成熟的年轻研究者。

走下讲台，他心中那种胜利在望的感觉已经荡然无存。就因为对方的这个问题，那扇本已敞开了一半的华丽大门紧紧地关上了。

从那一刻起，一切就开始变得癫狂。察觉到正在一点点地偏离此前铺设好的轨道时，他才发现自己已经走上了一条完全不同的道路，一条他从未期盼过的道路。

即便如此，他依旧在为了胜利而不断努力，坚强地活着，坚信迟早有一天自己会散发出金子般的光芒。

然而这一天并没有到来，他甚至失去了由真这最后的宝物。

此仇不报非君子——

他在电脑前端正坐姿，输入"帝都大学"开始搜索。不久他便找到了帝都大学的主页。大约二十分钟后，男子得到一条信息。他单手做着记录，无声地笑了。

薰敲了敲房门，没等回应便推开了。她已经打电话确认过汤川在屋里了。

汤川正坐在电脑前敲击着键盘。

"您究竟是什么意思？"薰用强硬的语气冲着汤川的背影问道。

汤川旋转了一下椅子，面朝着薰。"刚才电话里我就听你心情似乎不大好啊。"

"您为什么要这么做？"

"你在说什么？"

"您就别再佯装不知了，您不是说过不会接受采访吗？为什么又要在网上散布那样的消息？"

"你也看过了啊。"

汤川悠然自得的语调，令薰全身上下的神经都倒竖起来。

"当然看过了。草薙前辈也很生气，让我来问问您这究竟是怎么回事。"

"我可不觉得你们有资格来谴责我。原本就是因为你们的过失才使得我被媒体知晓，不得不面对那么多的采访请求。就算无奈之下我接受了其中一家的请求，也没有什么可让你们说三道四。"

"那您也应该在接受采访前和我们说一声啊。我向老师提供了案件的许多细节，如果您把根据这些细节得出的推理泄露出去，就违反我们之间的约定了。"

似乎是被薰的气势压倒了，汤川皱起眉头默不作声。

薰叹了口气。"到底是怎么回事？您怎么会忽然答应了那些采访请求呢？以前您不是挺厌恶接受采访的吗？"

汤川如同被大人揭穿了恶作剧的小孩似的笑了笑，随后表情变得严肃起来，望着薰。"这个周末，我希望你能跟我去一个地方。"

"什么地方？"

"我们大学的研究机构在叶山，我准备到那里去做个再现恶魔之手的实验。"

薰睁大了眼睛。"您终于查明恶魔之手的真面目了吗？"

"目前还无法断定，所以才必须做实验验证一下。"

"那我把鉴定科的人也叫上吧！还是说，叫科搜研①的人更好些呢？"

汤川摇了摇头。"目前还没到值得如此大动干戈的地步。你就独自一人过来吧，草薙那边我跟他说。"

---

① 科学搜查研究所的简称，为日本警视厅刑事部和各道、府、县警察本部的刑事部所辖的研究机构，主要从事科学调查研究和鉴定。

汤川的目光中充满真切的光芒，看来他对这个基于假设的实验极为自信。

"好的。"薰答道。

11

周六上午十一点，薰刚到研究室，就见汤川已经穿着一身西装在等她了。

薰睁大了眼睛，"您为什么穿成这样？"汤川这身装束并不适合做实验。

"我总不能穿着白大褂去叶山吧？我大小也是个有身份的人。"

"嗯，说得也是。"

汤川抱来一个很大的运动包。

"实验器具只有这些吗？"薰问道。

"这里不过是极少的一部分，大多数器具都已经放到车上了。我们出发吧。"

汤川提起包来，快步走出房间，薰赶忙追上。

大学的停车场里停放着一辆商旅车，副驾驶席上有一个硬纸箱，被安全带牢牢固定着。

"这是什么？"

"计量器。"汤川一边回答一边打开车门。将车钥匙递给薰后，他坐到车后座上，"这机器比较脆弱，所以就放那儿了。有什么问题吗？"

"没有。我尽量把车子开得稳一些好了。"

"没必要那么紧张，你就像往常那样开就行。"

"好的。"

薰发动引擎，开动了车子。她已打听好了前往叶山研究机构的路线，只须由湾岸线驶上横滨横须贺公路就行了。

"研究机构那边会有人帮老师您做实验吗？还是说您准备一个人动手呢？"

"大体来说——"汤川故意卖关子一般停顿了一下后接着说道，"实验主要由我一个人来做，你也可以帮帮忙。"

"我？"薰差点儿打错方向盘，"我不行，从念小学起我就最怕做理科实验，记得当时全班同学里就只有我的那张石蕊试纸没变色。"

"石蕊试纸？你做的是什么实验？"

"不记得了，反正我肯定帮不上忙。"

"没事，你只用照我说的去做就行了。"

"不行啊……"薰紧握着方向盘的手心里开始冒出汗珠，这并非因为驾驶时过度紧张而造成的。

高速公路上车并不多，天气不错，视野也很好。

"老师，您觉得凶手的目的究竟是什么呢？对方一直没有提出任何金钱方面的要求。"

"不清楚。我不是也和你们说过吗，我对凶手的动机没有丝毫兴趣。"

车子驶过大井南，开上京滨大桥，前方是机场北隧道，再往前就是机场中央出口①了。

①位于东京都大田区首都高速湾岸线。

"只不过，"他接着说道，"凶手确实很想向世人夸耀实力。他让游乐园停业，还有下令中止音乐会和文娱活动这些举动，或许为的就是向世人展示恶魔之手的影响力。"

车子穿过了机场北隧道。看到左侧有"机场中央"的标志后，薰变更到中间的车道。这是一条可供三辆车并排行驶的宽阔道路，后视镜中出现了一辆从后方高速追来的白色单厢商旅车。

"您的意思是，凶手的目的就是向世人示威吗？"

"有这种可能。或许凶手觉得自己一直怀才不遇。"

"所以他才制造了这么多事故？如果真是这样，这个人的性格也太过阴暗了。"

"这倒并非什么性格阴暗开朗之类的问题，而是心理承受能力的问题。所谓的科学家里，绝大部分人心理承受能力都是很差的。"

车子驶入多摩川隧道，周围的车都在高速行驶，频繁变更车道的也不少。薰感觉到了危险，于是打开车灯。

"老师您也受过心理创伤吗？"

"当然受过。"

薰继续问汤川的心理创伤是否已经痊愈，但她突然听不到自己的声音了，只觉得鼓膜似乎被塞上了什么东西。

等她察觉情况有些不对时，方才那辆白色单厢商旅车已经开到了她的车旁，商旅车上传来一种奇怪而低沉的声音，一股令人不快的感觉袭向薰的心头。

干什么——她开口斥责对方，声音却小得连自己都听不到，那种不快的声音一直萦绕在耳边，无法摆脱。

不久，一阵强烈的眩晕感向薰袭来。她眼前天旋地转，连坐都坐不稳，更别提操作方向盘了。她想踩刹车，可是偏偏想不起刹车在哪里，想用脚去找，但头晕眼花，怎么也找不到。

这样下去非酿成车祸不可——就在她这样想的时候，有人用力抓住了她的双臂，随后她感觉头靠到了什么东西上。

"双臂放松。"有人在她耳边说道。

等她回过神来，才发现汤川已从后座探出身来，抓住了她的双臂。车子平安无事地向前行驶着，那种眩晕感也彻底消失了。

"啊……我已经没事了。"

"找回平衡感了吗？"

"找回来了。"

"好。"汤川放开她的双臂，那辆与他们齐头并进的商旅车也已经开到了前方，渐行渐远。

薰感觉汤川似乎掏出了手机。

"估计你们也都看到了，就是刚才那辆单厢商旅车……嗯，我知道了，以后的事就拜托了。"

汤川挂断电话后，一辆轿车从后方超过了他们，只见草薙在副驾驶席上冲着他们竖起拇指。紧接着，三辆闪着警灯的警车从他们身边急速驶过。

"怎么回事？"薰大声问道。

"刚才不是和你说过了吗，不过是让你来帮忙做了个实验罢了。"汤川平静地答道。

草薙等人在东扇岛出口处成功拦截了那辆白色单厢商旅车。前来援助的警车协力展开围堵，最终将对方逼下了高速公路。

"由我们来当诱饵，等凶手出现后你们就将其逮捕。"前天，汤川把草薙叫到研究室，说了这样一番令他不明所以的话。

　　"我接受采访的目的就是向凶手挑衅。"汤川解释道，"恶魔之手无法锁定某个特定的人为目标——听到我这样说，凶手必定会感到自尊受伤，转而冲着某个特定的人下手。但他面临一个问题，那就是要对谁下手，还有怎样预告犯罪计划。他不能再像以前那样，在网上的某处留言板写留言，因为很有可能会被目标本人或者其亲友看到，从而引发一场大骚动。邮寄的方法则更加困难，因为凶手自己也不清楚是否会在预告信送到前得手。最后，凶手就会陷入难以预告自己究竟打算杀谁的困境。无法预告，但是又必须证明恶魔之手有能力对某个特定人物下手，究竟该怎么做呢？我认为凶手只剩下一条路可走了。"

　　"对当初指出恶魔之手弱点的人下手吗？"

　　"凶手似乎对我心怀怨恨很久了，所以我认为他必定会冲着我来，而且我还给他下了饵。"

　　"下饵？"

　　"就是这东西。"说着，汤川指了指电脑。

　　屏幕上显示着帝都大学的主页，而在标记着理工学院物理系最新消息的角落里，有这么一条消息：

　　有关磁性物理与核磁共振法的研究会
　　主持人：汤川学（第十三研究室副教授）
　　时间：6月7日　下午1点
　　地点：帝都大学叶山校区2号馆第五会议室

"这是什么？"

"一个学习交流会的通知，只不过这个会议无法如期举办。"

"这就是你下的饵吗？"

"估计凶手一直希望能够获取一些与我有关的信息，那么他自然会上网查看帝都大学主页。在他看到这条消息后又会有何感想呢？他必定会把这件事当成一个绝好的机会。"

"这是什么机会啊？"

"叶山校区路途遥远，交通不便，从东京出发需要连续换乘几次电车和巴士。去那里一般会开车，所以凶手认为我一定会乘车前往。所以，这对凶手而言是个绝好的机会。"

"凶手会趁着你在车上的时候下手？"

"估计是的。所以我希望到时候能让内海来开车，等凶手一现身，你们就把他抓住。"

"等等，你只是个平民而已，我不能让你冒这个险。"

"除了我以外没有人能够担负起这使命，毕竟凶手的目标就是我。"

"是你自己把事情搞成这样的吧？事先为什么不和我商量一下？"

"如果找你商量，你势必会反对。反对倒也没什么，要是有其他方法能够抓住凶手也行啊。"

草薙低声嚷道："警方并非无能之辈！"

"这我知道。正是因为信任你，我才主动请缨要求充当诱饵。"

草薙摇了摇头，两眼望着这个大学时结识的挚友，对方心中那种无法饶恕滥用科学之人的念头令草薙感同身受。眼前这个人思维灵活，作为一个科学家，又有着坚定执着的信念。

"内海知道这件事吗？"

"不知道，我觉得最好还是别告诉她。说不定凶手会从什么地方监视我们，让她来演戏，估计非得穿帮了不可。"

"既然对方以你为目标，那么这事对内海而言不也同样危险吗？"

"这我知道，我会保证她的安全。"汤川坚定地说道。

随后汤川给草薙揭示了恶魔之手的真面目以及应对的方法。草薙并不能完全理解，但事到如今也无法回头了，眼下只能相信汤川。

而现在，操纵着恶魔之手的人就在眼前。

警察从单厢商旅车里拖出一个脸色苍白、身材瘦小的男子。男子头发剪得十分整齐，鼻梁上架着眼镜，脸上露出畏惧的神色，相隔甚远也能一眼看出他正抖如筛糠。

男子并未做出任何抵抗便被警察推进了警车，这场警匪戏实在令人感觉兴味索然。

推开单厢商旅车的滑动车门后，警察不由得发出了惊叹。草薙凑到他们身后，朝车内张望。

只见里边面朝车身左侧安装着一个直径五十厘米左右、炒菜铁锅似的东西，其后则连接着电缆和一台复杂的机器。

和汤川推理的一样啊。草薙心想。

12

汤川两眼望着文献，脸上的表情并没有丝毫变化，只是略显惊讶地皱起了眉。

文献的标题是"有关在超高密度磁记录中的磁致伸缩控制方法的研究",作者是高藤英治,恶魔之手案件的元凶。

"怎么样?"薰问道。

"隐约有些印象。"

"果然。"

"只不过,"汤川合上了文献,"当时我只是出席了那场学术讨论会,在那以前和这个名叫高藤英治的人从未有过任何来往。因此,我也不明白他为何会对我心怀怨恨。"

"据高藤本人说,老师您曾经刁难过他。"

"刁难?"

"还说他身为科学家的道路从那个时候起就被您堵死了。"

"稍等一下。"汤川抬起一只手打断了薰的话,紧紧闭上了眼睛,过了一会儿才又睁开,"当时我的确在他发表研究成果的会上提问过,但并没有刁难他,不过是提了些极为普通的问题罢了。"

"都是些什么问题呢?"

"这个嘛,"话说到一半,汤川干咳了一下,"估计和你说专业方面的东西你也不会明白,我简单解释一下吧。他当时的研究也挺有意思,但存在一些缺陷,即只有在极为有限的条件下,他的研究对象才能有效地发挥机能。对此,他表示在不久的将来,要达成该条件也不困难。因此我就对他提出了问题,并表示如果将来达成该条件变得不再困难,磁界齿轮的方法应该会比他提出的方案更加廉价且高效。顺带提一句,所谓磁界齿轮的方法,是我自己思考设计出的一种高密度磁记录方案。对此,他当时表示他的初衷并非一味地追求廉价。我有些不大服气,但没有继续反驳。我当时就只做了这些。

怎么样，就算如此，你也还认为我刁难了他吗？"

"我不清楚，但高藤是这样认为的。"

汤川耸了耸肩，哼了一声。

"对了，听说您还协助鉴定科分析了那台设备，他们的负责人让我代为致谢。"

"没什么可感谢的，我不过是出于个人兴趣而已。"

"我不知道竟然可以利用声音来做到那种事呢，老师您是听完天边女士的叙述后察觉到的吗？"

"当时我想，或许对方使用了什么方法使人失去了平衡感。而且后来在堀切 JCT 出事的那辆车似乎也是忽然开始蛇行驾驶的。这样坠楼一事也就解释得通了，再有经验的人一旦失去了平衡感，都无法稳稳站住。"

"没想到居然还有这种能让人失去平衡感的方法啊。"

"人的耳道深处有个名为内耳的器官，它掌管着人的平衡感。如果对这一器官施加某种刺激，人就会失去平衡。至于施加刺激的方式，最为简单有效的就是电流了。但在相距较远的地方很难让电流穿过他人的耳朵，所以我觉得凶手当时使用的或许是声音。因为只要选择适当的波长，声音便可以越过人的外耳和中耳，直接对内耳施加刺激。国外已经有这种可以发出适当波长的声音武器了。然而，这里存在着一个问题：如果凶手在行凶时发出了太大的声响，那么就会有证人出面作证，然而并没有人出面作证，这究竟是怎么回事呢？后来我想到了超指向性扩音器。简单来说，它是一种以超声波来承载声音，令声音可以传到远方的设备。有了它，声音就可以不再向周围扩散，而是直接传入人耳中。"

"而最后您的推理也一语中的了。凶手车上像是炒菜铁锅般的扩音器，就是您方才说的那东西吧？"

"嗯，后来我和鉴定科的人一同调查了一下，发现它的性能确实不错。当时正在驾驶的你听到了一种令人不快的声音，但坐在后排座位上的我什么都没有听到。此外，那台设备上装有十二秒一到就会发出提示音的计时器，估计要让目标失去平衡，至少要听十二秒那种不快声音吧。"

薰点了点头。如果她只是听汤川这样说说，或许不会有任何实感，但因为她亲历了这件事，才更明白那种"唯有自己才能听到的不快声音"究竟有着多大的威力。

"还记得我在你车子的副驾驶席上放的那个硬纸箱吗，其实里边空无一物。"汤川说道，"那不过是个能让我坐到后排座位上的借口罢了。如果当时我坐在副驾驶席上，那么我也会和你一样遭到恶魔之手的'洗礼'。"

"原来如此。对了，记得在我失去平衡感的时候，老师您似乎给我戴上了一个类似耳机的东西，戴上那东西后，我就感觉找回了平衡。那究竟是什么？"

"你是说这个？"汤川从身旁的包里掏出来的，正是当时用的那副耳机。

"是的。"

"与其我说，不如你自己亲身体验一下更能理解。你戴上试试。"

薰戴上汤川递过来的耳机。"这样就行了吗？"

"就这样，然后你再把左侧的那个开关打开试试。"

薰照汤川说的打开了开关，身体立刻大幅度倾斜起来，差点儿就要从椅子上摔下去。

"哎？这是怎么……哎？怎么回事？"

汤川笑着走到她身旁，关掉了开关。同时，薰也感觉自己似乎恢复了正常。

"刚才我说过，要对内耳施加刺激，最为简单有效的方法就是电流。这副耳机可以通过使电流穿过内耳来控制你的平衡感，今天我做了一个让你失去平衡感的设定。当时在路上我做了一种能让你不受任何外界干扰、保持正常平衡感的设定。"

"所以我当时才能马上恢复正常。"

"如果你打错了方向盘，咱们的性命都难保了。"说着，汤川思考起来，"这次你们准备怎样定罪呢？以杀人罪的罪名起诉他吗？毕竟凶手当时只是让被害人失去平衡感，并没有对他们施以致命伤害。"

"不，我们会以杀人罪名起诉他。"薰说道。

"不会有问题吧？"

"嗯。"薰坚定地点了点头，"对了，那个超指向性扩音器似乎是高藤任职的公司研制开发的，直到前不久，他还在那家公司担任超声波技术研究主任的职务。"

"直到前不久……已经是过去式了啊。"

"前不久该公司对人员结构做了大幅调整，高藤被调离研究部门。他似乎对此安排很不满，提交了辞呈。从时间上来看，恶魔之手就是在那之后不久开始行凶的。"

"从公司辞职后就开始自暴自弃了吗？真是一点儿出息都没有。"

"不，他确实有些自暴自弃，但不是因为离开了公司。"

"那么根本原因又是什么呢？"

薰轻轻地叹了口气，答道："他的恋人被人杀了。"

"是吗？"

"我们搜查了高藤的寓所，发现此前和他同居的那名女子消失了。找高藤询问，他说那女子被人杀了。"

"被谁？"

薰舔了舔嘴唇。"高藤说是汤川老师您杀的。"

汤川一脸惊愕地睁大了眼睛。

薰望着他继续说道："高藤就是这么说的。"

13

坐在对面的那个姓草薙的刑警正在打量着自己，高藤英治感觉对方似乎想看透自己的内心。你懂什么？你明白什么？他心中暗骂道。

"尸体的身份已经确认过了，确实是河田由真小姐。"

高藤一言不发，心想那是当然，因为把尸体藏到奥秩父深山里的人正是他自己，而警方不过是按照他说的找到了尸体罢了。

"我们去河田小姐的老家问过了。你知道她是山形县人吗？三年前为了实现演员梦，她来到东京，靠打零工为生。近来她的父母和她失去了联系。你是在什么时候和她相遇的？"

高藤开口说道："我们是半年前在涩谷的剧场里相遇的。当时她一个人坐在邻座，我们谈得很投机……"

他原本打算说得更理直气壮一些，但一张开嘴就感觉自己又蔫了下来。他心想就算不用敬语也没什么大不了的，可又说不出蛮横的话来。

"你们立刻开始同居了？"

"我们相识一个月后，她搬到我那里住下了。当时她说交不起房租，被房东赶了出来，我问她愿不愿意到我那里去住，她就兴高采烈地答应了。"

每当回想起由真当时的那种可爱劲儿，高藤心中就不禁感到一阵酸楚。当时，每天一想到由真还在家里等着自己，他就会感到无比快乐。

然而这种如梦似幻的日子忽然黯淡无光了。究其根源，则是公司那次不当的人事调动——高藤竟然被调出了研究部门。

"被调出来的人不止你一个。目前公司需要精简研究部门，当然会出现多余的技术人员。社长已经定下了以少数精锐来维持研发的方针，听说你设计的超指向性扩音器的反响不太好，所以今后你不如就在制造部门继续发挥才能好了。"上司嘿嘿笑着，这样对他说道。

意思是说，我不是精英了吗——高藤觉得受到了伤害。转瞬之间，这种感觉便化为熊熊怒火。一怒之下，他向上司递交了辞呈。

回到家里，他把这事告诉了由真，以为会得到对方的理解，因为由真时常对他说："英治你真是个天才。"

然而由真在得知他辞职的事后，说出了令他难以置信的话。

"你是不是傻了？"她说，"做什么工作很重要吗？三十多岁的大叔辞职了还能干什么？现在事情麻烦了，真拿你没办法，就这样吧。"

"我只想在能够认可我实力的地方工作。"

"好，好，我知道了。行了，随便你吧。"说着，由真便开始往包里塞起了衣服。

"你要干什么？"

"没看见吗？我要离开这里，咱们分手吧。既然你挣不到钱，那我也就没必要继续和你在一起了。正好我也觉得自己差不多该走了。"

说着，由真掏出手机，开始发短信。

看着由真的背影，高藤感觉一股热血冲上脑门。他的脉搏骤然变快，意识也模糊了起来⋯⋯

"这个问题问过你很多次了⋯⋯"草薙的话把高藤拖回现实当中，"你为什么要杀她？"

高藤浑身颤抖着摇了摇头。"我没有杀她⋯⋯"

草薙不耐烦地撇了撇嘴。"你这谎话是说不通的。尸体的脖颈上有抓痕，那是被人掐住脖子时留下的。我们从抓痕上发现了你的指甲屑，并且用 DNA 检测验证过了。事到如今，你还打算继续装糊涂吗？"

高藤耷拉下了脑袋，他已经无法承受刑警投来的冷峻目光了。

他只记得当时看到了由真发短信的背影，而等他回过神来后，由真已经不再动弹了。

怎么会变成这样——他拼命问自己。

如果上司没有说那些话，如果公司没有把我调出研究部门⋯⋯不，当初要是没进这家公司就好了。当时还有其他想去的公司，而且肯定能进，明明很多公司都对他的研究项目有兴趣⋯⋯

他原本打算在学术会议上发表研究成果，在赢得好评后选择一家公司就职，公司却翻脸不认人，对他的研究失去了兴趣，都是因为学术会议上发生了那样的事。

那个姓汤川的副教授刁难了他，从那以后，他就在人生的道路上摔倒了，一切都变得不顺利了。

最近，他才从帝都大学毕业的朋友那里听说，原来媒体大肆宣扬的那个 T 大学的 Y 副教授就是汤川。朋友得意扬扬地递给他一张周刊的复印件。高藤后来用图钉把那张纸钉在了自家墙上，心中那股迟早要给汤川点颜色瞧瞧的怨气久久不散。

俯视着由真的尸体时，他心想，这一刻终于到了。他决定要制造一起让那个人也不得不甘拜下风的案子，向世人展现自己有多优秀。

"我再问你一遍。"草薙说道，"人是你杀的吧？"

高藤翕动着嘴角，呼吸已经变得紊乱。"都怪汤川那家伙，所以……所以……由真才会死。"

14

看到草薙把一瓶"久保田万寿"酒放到桌上，汤川微微挑动了一下右眉。相处多年的经验告诉草薙，这是对方有心理活动时的习惯性动作。

"早就想来向你道声谢了，所以这次我给你带了点礼物过来。"

"倒也没什么可谢的，不过这次我就收下好了。"汤川拿起酒瓶，放到桌下。

"估计内海已经跟你说了，凶手杀了和他同居的女子。虽说两人同居，但女方似乎原本就不打算和他长久厮守，只是贪图和他在一起不必为钱犯愁，而且他不在家的时候还能免费住宿，任意而为罢了。据平时和她一起玩的人称，她前不久曾说过打算搬出来，但高藤似乎对这段关系认真了。这种类型的人可是最不能碰的啊。"草薙回想起高藤那张苍白的脸，"光凭这起杀人案，我们就可以起诉高藤，但他毕竟还犯下了恶魔之手的案子。检察官或许会来找你征求意见，到时候可就拜托了。"

汤川并没有回答，而是背对着草薙冲泡起了速溶咖啡。

草薙搔了搔头。"我知道这么做有点对不住你。因为我们，你被迫卷入了不少棘手的案子。今后我们会多加注意，尽量避免这样的事情发生，你也就别再板着张脸了。"

汤川端两个马克杯走回桌旁，把其中一个递给草薙。"我可没板脸。只是如果再被卷入案子，我可是会吃不消的。"

"所以我们今后会尽量避免发生这种事。通过这次案子，不难看出如今的犯罪正在日趋复杂化，利用高科技犯罪的案例也在不断增加。碰到这种情况时，你这样的人才是不可或缺的了。今后也希望你能不计前嫌，多多协助我们啊。"

汤川面无表情地喝了一口咖啡，看来并没有要答话的意思。

"这次我们也调查了不少有关你的情况。"

听到草薙的话，汤川皱起了眉头。"调查我什么？"

"简而言之就是你的人际关系。毕竟恶魔之手一直把你当作令人生厌的科学家嫉恨，所以我们就打听了一下，看看你身边是否还有像他那样的人。身为刑警，这也是理所当然的事。"

"哦？那么结果如何呢？"

"总体来说，几乎没有人对你协助警方一事心怀不满。为人方面的评价先不说，人们对身为科学家的你有很高的评价，你很受人尊敬。可见你协助警方办案这件事并非一点好处都没有——"

"等一下。"汤川抬手打断了草薙的话，"'为人方面的评价先不说'这句话是什么意思？"

"嗯……"草薙摸了摸下巴，"意思是说，先不管这方面的情况。"

"不必不管，我为人方面得到的评价到底如何？"

草薙叹了口气，用认真的目光望着老朋友。"你真的想知道吗？"

"那是当然——"说着，汤川忽然干咳一声，摇了摇头，"算了，我还是不问了。不管别人怎么看待我，我都会在自己坚信的道路上走下去。"

"是吗？不过我还是有句话要对你说。大家都觉得你是个了不起的科学家。"

"够了。"汤川把身子靠到椅背上，喝了一口马克杯里的咖啡。

图书在版编目（CIP）数据

　　伽利略的苦恼／〔日〕东野圭吾著；袁斌译 . －－北
京：北京十月文艺出版社，2017.6（2025.8 重印）
　　ISBN 978-7-5302-1684-2

　　Ⅰ.①伽…　Ⅱ.①东…②袁…　Ⅲ.①短篇小说－小
说集－日本－现代　Ⅳ.①I313.45

　　中国版本图书馆 CIP 数据核字（2017）第 082535 号

著作权合同登记号　图字：01-2017-2694

GALILEO NO KUNO by HIGASHINO Keigo
Copyright © 2008 by HIGASHINO Keigo
All rights reserved.
Original Japanese edition published by Bungeishunju Ltd., Japan, 2008.
Chinese (in simplified character only) translation rights in PRC reserved by
Thinkingdom Media Group Ltd., under the license granted by HIGASHINO
Keigo, Japan arranged with Bungeishunju Ltd., Japan through BARDON CHINESE
CREATIVE AGENCY LIMITED, Hong Kong.

伽利略的苦恼
JIALILUE DE KUNAO
〔日〕东野圭吾 著
袁斌 译

出　　版　北京出版集团公司
　　　　　北京十月文艺出版社
地　　址　北京北三环中路 6 号
邮　　编　100120
网　　址　www.bph.com.cn
发　　行　新经典发行有限公司
　　　　　电话 (010)68423599
经　　销　新华书店
印　　刷　山东京沪印刷科技有限公司
版　　次　2017 年 6 月第 1 版
印　　次　2025 年 8 月第 36 次印刷
开　　本　850 毫米 ×1168 毫米　1/32
印　　张　8.75
字　　数　195 千字
书　　号　ISBN 978-7-5302-1684-2
定　　价　45.00 元
质量监督电话　010-58572393
如有印装质量问题，由本社负责调换